Femmes de Paris,
femmes de lettres

DE LA MÊME AUTRICE

Le Malentendu, Fayard, « Les Œuvres libres », 1926.
Denoël, 2010. Gallimard, Folio.

L'Enfant génial, Fayard, « Les Œuvres libres », 1927.

Un enfant prodige, Gallimard, 1992.

L'Ennemie, Fayard, « Les Œuvres libres », 1928.
Denoël, 2019.

Le Bal, Fayard, « Les Œuvres libres », 1929.
Grasset, 1930. Les Cahiers rouges.

David Golder, Grasset, 1929. Les Cahiers rouges.
Le Livre de poche.

Les Mouches d'automne, Kra, 1931. Grasset, 1931.
Les Cahiers rouges.

L'Affaire Courilof, Grasset, 1933. Les Cahiers rouges.

Le Pion sur l'échiquier, Albin Michel, 1934, 2005.
Le Livre de poche.

Films parlés, NRF, 1934.

Le Vin de solitude, Albin Michel, 1935, 2004.
Le Livre de poche.

Jézabel, Albin Michel, 1936, 2005. Le Livre de poche.

La Proie, Albin Michel, 1938, 2005. Le Livre de poche.

Deux, Albin Michel, 1939, 2014. Le Livre de poche.

Suite des œuvres d'Irène Némirovsky en fin de volume

Irène Némirovsky

Femmes de Paris, femmes de lettres

et autres portraits de femmes

Textes rassemblés et présentés par Olivier Philipponnat

Dessins de Gabriel Gay

DENOËL

PRÉFACE

Vingt et un ans depuis l'exhumation spectaculaire de *Suite française*. Vingt et un ans qu'Irène Némirovsky s'obstine à ne pas être une victime exemplaire de la Shoah, à ne pas exempter de tares ses personnages juifs, à ne pas avoir donné de l'Occupation un « digest[1] » au-dessus de tout soupçon. Vingt et un ans de malentendus, de « critiques éthiques inappropriées[2] » et de questions sans réponse. Une parmi d'autres : peut-on parler du féminisme d'Irène Némirovsky ?

Si ses romans présentent des exemples de femmes empêchées par le destin et par l'hérédité plus que

1. Alice Kaplan, « La zone grise », *The Nation*, 3 avril 2008.
2. L'expression est d'Angela Kershaw, *Before Auschwitz. Irène Némirovsky and the Cultural Landscape of Inter-war France*, New York/Oxon, Routledge, 2009.

par le patriarcat, elle ne semble pas se préoccuper de leur cause. Toujours soucieuse de s'en tenir aux «*facts*», seulement aux «*facts*», elle ne pose aucun jugement narratif sur ses créatures, hommes ou femmes. Indifférence ou neutralité? Lorsqu'en janvier 1931, «à la fin d'une année qui vit briller une Marguerite Jouve et une Irène Némirovsky», un journaliste de *L'Intransigeant* lui demande si, à l'avenir, «la littérature féminine va prédominer», sa non-réponse est éloquente : elle se contente de tracer sur une feuille «un majuscule point d'interrogation». Bref, elle s'en moque : depuis quand les romans ont-ils un sexe?

Bien sûr, elle a lu Colette et beaucoup aimé *La Fin de Chéri*, qui n'offrait pas de la femme vieillissante un portrait complaisant; mais elle ne fréquente que des hommes de lettres – Gaston Chérau, Fernand Gregh, Tristan Bernard, Paul Morand, Henri de Régnier. Et si elle avoue un faible pour «les choses "coco"» de Marie de Régnier, il se trouve qu'elles sont signées Gérard d'Houville. Elle-même a débuté sous le pseudonyme de «Pierre Nerey», anagramme d'Irène. C'était pour se cacher de ses parents, mais il est significatif qu'un prénom masculin lui soit spontanément venu à l'idée.

Notons toutefois que, l'année même de son mariage avec Michel Epstein, en 1926, elle fait imprimer le monogramme « IE » sur son papier à lettres, mais publie *Le Malentendu* sous le nom de Némirovsky. Ce choix n'est alors pas si fréquent. Pour autant, elle laissera dire ceux qui, en 1930, refuseront de croire que l'auteur de *David Golder* puisse être une fragile jeune femme de vingt-six ans. Virilité, cynisme, âpreté, noirceur, « poigne de mâle » et même « muscle » sont les termes qui reviendront le plus souvent pour traduire la stupéfaction des chroniqueurs. Le magazine *Fantasio*, où cette étrangère fit à vingt ans ses premiers pas en mettant en scène deux *flappers* plutôt libres de mœurs, se demandera avec sa misogynie coutumière « comment une femme a pu écrire un bouquin où il n'y ait pas une fadaise, pas une mollesse, pas un adjectif de trop[1] ».

Interrogée à ce sujet, Irène Némirovsky indique très clairement que son talent a moins à voir avec sa féminité qu'avec son statut d'exilée russe : « Les jeunes femmes françaises n'ont pas habituellement l'expérience humaine que les circonstances

1. « *David Golder* », *Fantasio*, 15 février 1930.

m'ont permis d'acquérir : milieu de haute finance israélite avec tous les drames, les ruines, les catastrophes qui s'y produisent quotidiennement, voyages, révolution… » Comble du paradoxe, pour l'éminent critique Edmond Jaloux, c'est précisément parce que son livre est « aussi fort, aussi viril » qu'Irène Némirovsky a « vraiment bien mérité du féminisme[1] » – terme auquel il est seul à recourir. Drôle de féminisme en vérité, mâtiné de brutalité !

Et puis voilà qu'en 1939, le 21 avril, les auditeurs de la radio d'État Paris-PTT entendent le mâle auteur de *David Golder* annoncer : « La femme de lettres, en tout temps, en tous lieux, est une femme qui a réussi à retirer des avantages personnels de ses embêtements privés. Très différentes par le talent et le caractère, elles ont toutes cette marque commune : d'elles-mêmes, de leur propre cœur, de leurs joies et de leurs souffrances, elles extraient leurs romans ou leurs poèmes. Les hommes aussi d'ailleurs, je crois. Mais ils s'en défendent et nous nous en vantons. Voilà la différence. » Cet « aussi »

1. Edmond Jaloux, « *David Golder*, par Irène Némirovsky », *Le Cahier*, 1er février 1930.

contient dix années au cours desquelles Irène Némirovsky a perdu son « Dad » chéri, donné deux fois la vie et vidé sa rancune envers sa mère dans un roman miroir, *Le Vin de solitude*, où les « embêtements privés » d'une adolescente frisent la tragédie. Dix années, en outre, au cours desquelles on s'est fait à la présence de cette étrangère, juive et femme, dans le paysage des lettres françaises, au rythme d'un roman par an.

Année charnière que cette année-là, qui marque dans sa vie une prise de conscience. Le 2 février 1939, la romancière, son mari Michel et leurs deux filles, Denise et Élisabeth, ont reçu le baptême catholique en la chapelle de l'abbaye Sainte-Marie, à Paris. Tout indique que les époux Epstein souhaitaient épargner à leurs filles les désagréments liés à leur judéité. Ainsi ont-ils reçu, faute de place au lycée Victor-Duruy, le refus de différents cours privés catholiques de scolariser Denise. Une lettre au ministre Jean Zay, en juin 1938, y avait remédié, sans chasser l'inquiétude. Adressée au garde des Sceaux le 23 novembre suivant, leur demande de naturalisation, afin d'acquérir la nationalité française octroyée par naissance à leurs filles, restera lettre morte. Cette anxiété nourrira les deux œuvres suivantes d'Irène Némirovsky, *Les Échelles du Levant* (1939) et *Les Chiens et les Loups* (1940).

Feinte ou non, la soudaine piété d'Irène Némirovsky lui est d'un réel soutien, moins d'un an après la naissance d'Élisabeth, alors que Michel souffre d'une pneumonie aiguë. Dans le bourg morvandiau d'Issy-l'Évêque, village natal de la nourrice des fillettes, cette citadine a trouvé lors d'un séjour en 1938 une quiétude inattendue. Elle y est retournée en famille, fin février 1939, avant de rentrer à Paris pour la sortie en librairie de *Deux*, son « premier roman d'amour » selon la publicité. *Le Figaro* nous apprend, le 24 janvier 1939, qu'elle l'avait d'abord intitulé *Le Couple*. Interrogée à la radiodiffusion française, elle explique : « J'ai voulu faire deux époux qui vivent selon une très belle formule anglaise que l'on cite souvent et qui est la plus belle du mariage, c'est-à-dire : pour le meilleur et pour le pire. » C'est l'unique enregistrement conservé de sa voix. Face à son interlocuteur, quelque peu guindé, elle apparaît merveilleusement gaie et naturelle, passant en un instant du rire à la gravité.

Depuis le coup d'éclat de *David Golder*, elle a souvent été interviewée sur les ondes. Le 4 janvier 1939, les rôles s'inversent : c'est elle qui est invitée à prononcer sur Radio-Paris, toutes les deux semaines jusqu'au 15 mars, une série de six conférences sur « les grandes romancières étrangères ». Aucune de ces causeries, hélas, n'a été enregistrée ni publiée dans les *Cahiers de Radio Paris*, mais on peut supposer que parmi ces femmes figuraient Katherine Mansfield, lue avec passion et toujours en version originale, mais aussi George Eliot et George Sand dont, en juin 1933, elle disait au micro de Frédéric Lefèvre : « Quand on a bien été saturé par toute la fièvre de notre belle vie d'aujourd'hui, il faut lire *La Petite Fadette*. Quelle merveilleuse sensation de repos ! » Sans oublier Pearl Buck, une sœur en littérature. Il n'est pas fortuit que, dans son élogieuse recension de *La Mère* en 1935, elle ait cité ce propos de l'Américaine au sujet des Chinois : « Lorsqu'on me demande à quoi ils ressemblent, je ne sais que dire. Je ne peux pas plus les définir que je ne puis le faire pour des êtres de ma race. Je suis trop proche d'eux. » Même embarras d'Irène Némirovsky, sans cesse questionnée sur ses ambivalents personnages juifs et ne trouvant qu'à répondre inlassablement : « Je les connais », « Je les ai vus ainsi ». Souci constant de donner à sentir « l'obscure fraternité » que tout grand romancier se doit d'établir entre ses créatures et ses lecteurs : d'où ce reproche qu'elle fait au *Voyage dans les ténèbres* de Jean Rhys d'avoir raconté la vie de son héroïne, au lieu de l'avoir « vécue ».

Il est d'ailleurs à remarquer que bien des romans d'Irène Némirovsky sont en quelque façon des biographies. Avant d'écrire, expliquait-elle en 1934 à la radio, « je sors un à un mes personnages dont j'écris toute la vie, leur physique, leur éducation, ce que seraient leurs réactions en présence d'événements étrangers au livre lui-même. [...] Cette vie antérieure du roman est pour moi passionnante. [...] c'est pour moi le commencement du roman, la naissance de mes personnages qui constitue le plaisir d'écrire, le reste est le vrai travail[1] ». Ce goût s'accentue à la veille de la guerre. Ses projets de biographies de Pouchkine et de Tchekhov prennent corps, elle rêve de s'inspirer de la vie de Léon Blum, a plus ou moins transposé celle de Stavisky dans *La Proie* et songe à écrire une « Vie de Trotski » : « *The aim of my life* », note-t-elle le 26 mai 1938.

De cette même période semble dater le projet d'une « Vie de l'impératrice Joséphine », dont le

1. Entretien avec Marie-Jeanne Viel (Jeanne Reuillon), « Comment travaille une romancière », 1934.

titre rappelle étrangement *La Vie amoureuse de l'impératrice Joséphine* publiée par Marie de Régnier en 1924. Des huit scènes envisagées, une seule a été écrite – ou conservée. S'y révèle un don inné pour le dialogue et la mise en scène qui ne saurait étonner : n'oublions pas que les premiers textes publiés d'Irène Némirovsky, à dix-huit ans et sous le pseudonyme de Topsy, étaient des « dialogues comiques ». Une décennie plus tard, à force de courir les théâtres, elle était même devenue critique dramatique au *Rempart* et à *Aujourd'hui*, en 1933-1934. Avec, déjà, un critère exclusif : que les caractères apparaissent « vrais, humains et poussés d'une manière sûre sans jamais toucher la caricature », qualités qui sauvent par exemple de l'insignifiance la pièce de Fernand Crommelynck, *Une femme qu'a le cœur trop petit*.

On retrouve ce sens de la réplique et du spectacle dans *Femmes de Paris, femmes de lettres*, une réalisation radiophonique qui a connu au moins trois diffusions, les 21, 22 et 23 avril 1939, sur les ondes de Paris-PTT. Est-ce à ces saynètes qu'elle repensera le 13 septembre 1940, lorsque, dans une lettre fébrile au maréchal Pétain, elle rappellera ne s'être jamais occupée de politique et s'être attachée autant que possible, « que ce soit dans les journaux étrangers ou à la radio, […] à mieux faire connaître et aimer la France » ? Dans cette suite de microbiographies féminines n'entrent en scène que des femmes de lettres françaises, Christine de Pisan, Madame de Sévigné, George Sand (encore elle), Anna de Noailles en coup de vent et, pour finir, un portrait malicieux de la « femme de lettres moderne » où il est aisé de reconnaître Irène Némirovsky en personne, toujours disposée, malgré une « vie fiévreuse », à répondre aux enquêtes des journalistes. On y entend un directeur de journal lui suggérer de se rendre en Pologne, où convergent soudain les « préoccupations mondiales » : écho des revendications de l'Allemagne nazie sur la ville libre de Dantzig et de la récente annexion du territoire autonome de Memel.

Quatre mois plus tard, le pacte germano-soviétique scelle le sort de la Pologne. La famille Epstein est en vacances à Hendaye quand retentit ce coup de tonnerre. Albin Michel, éditeur de la romancière, juge l'heure assez grave pour lui adresser aussitôt une lettre de recommandation « auprès des autorités et de la presse » car, lui dit-il, « vous êtes russe et israélite ».

On ne sait rien des « Souvenirs de Pologne » d'Irène Némirovsky, diffusés le 4 novembre 1939 sur la station Paris-PTT, dans une série intitulée « La vie féminine » ; mais ils confirment une note énigmatique au verso du classeur de *Suite française* : son séjour en Pologne, impossible à dater – peut-être en 1919, sur le chemin de l'exil vers la France. Pourrait corroborer cette hypothèse le fait que, sans doute en décembre 1939, alors que les forces soviétiques ont pénétré en Carélie, elle évoque à la radio (le laisse à penser le vouvoiement) ses souvenirs de la Finlande où elle a séjourné vingt ans plus tôt : « Certains pays, connus et aimés autrefois, sont comme des amis perdus de vue : leur visage s'est effacé dans votre souvenir. Mais on apprend tout à coup qu'ils sont inquiets, menacés ; on pense à eux avec tendresse et on voudrait retrouver leurs traits et les montrer à ceux pour qui ils ne sont que des noms étranges sur une carte. C'est pourquoi je voudrais vous parler de la Finlande et de ses habitants. » Elle exalte une terre « passionnément attachée à sa liberté, pauvre en canons, peut-être, mais riche de tous les trésors de l'esprit et du cœur » ; et, parmi ces trésors, l'indépendance de la femme finlandaise, qui « a conquis depuis longtemps dans ce pays le droit de partager la vie sociale et intellectuelle de l'homme [et] peut prétendre à toutes les places, à tous les diplômes à l'égal des garçons[1] ».

À la journaliste Yvonne Moustiers, venue l'interroger fin novembre 1939 pour *Toute l'édition*, elle explique en effet qu'elle ne pouvait mieux concourir à l'effort de guerre qu'en écrivant « des articles qui font connaître le moral magnifique de la France, qui peignent la décision tranquille des combattants, le calme courage des femmes », mais aussi en donnant des conférences à la radio « consacrées à des biographies d'héroïnes polonaises ou anglaises, de femmes qui se sont dévouées à la cause de leur pays ». L'une de ces héroïnes est la comtesse Emilie Plater, « cette jeune Polonaise qui combattit héroïquement, en 1831, pour la liberté de son pays ». Choix qui n'est pas anodin, trois mois après le coup de tonnerre du pacte germano-soviétique, et nouvelle occasion d'illustrer son goût de la mise en scène, puisque cette réalisation radiophonique sera interprétée sur les ondes Paris-PTT le

1. « Souvenirs de Finlande », 4 feuillets dactylographiés, Imec NMR 4.30.

11 décembre 1939, puis une nouvelle fois le 23 février 1940, par trois comédiens alors connus, Maurice Escande du Théâtre-Français, l'actrice grecque Marie Valsamaki et l'actrice judéo-russe Véra Korène, nom de scène de Rebecca Vera Koretzky, née en Ukraine en 1901. Cette dernière sera déchue de la nationalité française en octobre 1940, puis exclue de la Société des comédiens français le mois suivant. Au même moment, Irène Némirovsky apprend que l'hebdomadaire *Candide*, en application abusive du Statut des Juifs, ne publiera pas son nouveau roman. C'est alors qu'elle conçoit le projet de *Suite française*, qui doit être son *Guerre et Paix*.

Dans tous les textes ici rassemblés, ou presque, une constante : des femmes sûres de leur vocation, comme elle l'était, depuis l'adolescence, du pouvoir que lui donnait sur ses proches un sens aigu de l'observation. Lucidité parfois assassine, arme secrète des fillettes surdouées, telle l'Antoinette du *Bal*. En 1933, au crayon, elle avait griffonné son autoportrait à vingt ans, s'efforçant de dégager les caractères fondamentaux des « Héléniens[1] », ses

1. Hélène Karol est l'héroïne du *Vin de solitude* (1935), l'« autobiographie déguisée » d'Irène Némirovsky.

semblables, ses sœurs : « L'avidité, le désir, des jouissances immédiates, la terreur de la pensée, l'orgueil même envers soi, la superstition ayant remplacé la religion, une seule illusion, mais celle-là tenace, le foyer. » Et de conclure, songeant à elle-même : « [...] parmi les autres filles, elle paraissait insignifiante, mais quelques-uns l'aimaient, l'admiraient et lui obéissaient. » Cet orgueil rentré est sa force et sa défense. « *The aim of my life is self-development* », inscrivait-elle à dix-neuf ans dans le petit carnet noir qui ne la quittait pas. De tous les traits de sa personnalité, la rage de s'accomplir était le moins visible, car il lui était aussi naturel que son apparente modestie. Elle l'a insufflée à ses plus farouches héroïnes, Antoinette, Hélène, Agnès Hardelot, Thérèse Jacquelain, Lucile Angelier ou encore Emilie Plater, comme autant de revanches sur une enfance étouffée.

Alors, le féminisme d'Irène Némirovsky ? C'est tout simple : on ne naît pas romancière, on le devient.

Olivier PHILIPPONNAT

TROIS SCÈNES

Vie de l'impératrice Joséphine

Le premier de ces huit feuillets dactylographiés, qui datent probablement de 1939, porte l'indication : « Je voudrais faire une Vie de Joséphine *en 8 scènes. » Elle est suivie d'une liste : « 1° En prison (sa liaison avec Hoche) ; 2° Un bal sous le Directoire (quand Joséphine rencontre Bonaparte) ; 3° Le mariage ; 4° À Milan, au moment du plus grand amour de Napoléon ; 5° Retour d'Égypte (la fameuse nuit où Joséphine, calomniée par la famille de Napoléon, pleure et implore son pardon devant la porte close) ; 6° Le sacre ; 7° Le divorce ; 8° À la Malmaison, après la chute de Napoléon, quelque temps avant la mort de Joséphine. » Seule la première scène a donc été conservée.*

Joséphine de Beauharnais

Rumeur de la foule. Des cris : « À la lanterne ! À mort les aristos ! Ah, ça ira, ça ira, ça ira ! » Un roulement de tambour. Une voix forte lit :

— L'exécuteur des jugements criminels ne se fera pas faute de se rendre à la maison de justice pour y mettre en exécution le jugement qui condamne…

Des voix d'enfants chantent : « J'ai descendu dans mon jardin pour y cueillir du romarin… »

La voix reprend :

— … la femme de Grammont, ci-devant duc, la femme Rochechouart, à la peine de mort. L'exécution aura lieu aujourd'hui à 5 heures précises sur la place de la Révolution de cette ville…

— Combien de têtes, aujourd'hui ?

— Dix-sept.

— Citoyens, il est interdit de s'approcher de la grille des femmes.

— Un bon sans-culotte doit être humain : il ne refusera pas cette distraction à de pauvres prisonniers.

— Fais vite, alors, et garde-toi d'être vu…

La voix reprend l'énumération des noms : « À mort Lamoignon, la femme Lepelletier, Rosambo… »

— Ton nom, citoyenne ?

— Marie-Josèphe Rose Tascher de La Pagerie, épouse du ci-devant marquis de Beauharnais.

— Attends ! Attends ! Pas si vite. Que je cherche ton nom sur la liste. Gueux de métier ! Chien de métier que celui de gardien de prison ! Je suis vieux, j'ai les jambes enflées et il m'arrive de me tromper, en m'embrouillant dans vos sacrés noms d'aristocrates, longs d'une lieue, et d'envoyer à la guillotine ceux qui devaient être libérés le lendemain, les familles pleurent et disent que je ne suis pas humain. Beauharnais… tu n'es pas marquée pour être exécutée aujourd'hui encore. Et pourtant, il nous faudrait ta place. Nous manquons de place pour loger les prisonniers. Mais ton nom n'est pas marqué, il n'y a rien à dire.

— Citoyen geôlier, on pourrait en loger quatre encore, dans la cellule de la citoyenne, en retirant les grabats. Elle n'en aura plus besoin bientôt. Tu pleures ? Par les temps que nous vivons, il est déjà bien beau d'avoir un jour devant soi !

— Citoyen geôlier…

— Quoi ? Tes larmes sont vite séchées ? Tu as bien raison. La vie ne vaut pas qu'on tienne tant à elle. Que veux-tu ?

— On m'a saisi hier un paquet qui contenait des fards, des parfums, un miroir et deux fichus de linon. Est-ce donc défendu à une femme de se parer ? Regarde, citoyen, cette vilaine robe de toile grossière. Qu'est-ce que ça peut faire à la République qu'une femme reste jolie jusqu'à son dernier jour ? Fais-moi rendre mes fards, je t'en prie.

— Tu veux donc plaire au bourreau ?

« À mort le ci-devant marquis… »

— Ne crains rien, citoyenne. Cette robe de toile moule une taille faite au tour et il n'est pas besoin de fard lorsqu'on a, comme toi, les yeux les plus beaux et les plus touchants du monde.

— Qui êtes-vous ?

— Un prisonnier comme toi. Je suis le général Hoche. Mon geôlier a pitié de moi et me laisse à la brume gagner le préau. Sinon, j'étoufferais. Six pas en long, quatre pas en large. Quand on a galopé sur les champs de bataille, c'est peu.

On appelle les condamnés.

Des cris lointains : « Mon père ! Mon enfant ! Adieu ! Prenez-moi, tuez-moi, je veux suivre mon amant ! »

— Quel lieu sinistre ! Leurs cris pénètrent dans mes oreilles et, la nuit, je vois leurs figures en rêve. Vous avez dû me trouver bien frivole, citoyen général, mais une pauvre femme n'est pas faite pour affronter la mort au seuil de chaque journée. Je n'en peux plus. Alors, j'essaie d'oublier. Je mets de la poudre et du rouge, je me coiffe, je regarde mon miroir et je me distrais ainsi.

— Moi, je lis Sénèque et Montaigne, mais que les journées sont longues ! L'échafaud, bah ! un soldat ne craint pas la mort. Mais me ronger ici, rêver et dormir quand la nation entière est en armes, quand l'ennemi nous attaque de toutes parts, quand on se bat, que le sang coule, que le canon tonne, ah, je vous le dis, c'est l'enfer !

— Moi, ce sont mes enfants que je regrette...

— Et votre mari ?

— Oh, je ne regrette pas mon mari...

— Savez-vous que cette grille est large et commode et qu'elle peut livrer passage à un homme de ma taille ?

— Taisez-vous ! Fi ! Quelle horreur ! D'ailleurs, vous êtes trop grand. Vous ne passeriez pas.

— Grand ? Oui. Cinq pieds sept pouces, citoyenne, mais je ne suis pas gros.

— Votre poitrine est trop large pour les barreaux.

— À vous, alors ? Vous êtes aussi mince et souple qu'une écharpe.

— Non, jamais !

— Vous avez tort. Il est un endroit ici où on entend, en prêtant l'oreille, l'écho de ce qui se passe hors des murs. On dirait que l'on écoute dans un coquillage le bruit de la mer. On entend le roulement des voitures, des rires, des chansons d'enfants. D'honneur, citoyenne. En fermant les yeux, on oublie que l'on est en prison. Venez ! Que craignez-vous ? Que pouvons-nous encore craindre ? Il fait presque nuit. Donnez-moi votre jolie main. Quel petit pied ! Il tiendrait tout entier dans ma large paume. Avancez encore ! Encore ! Sautez maintenant.

— Il ne faut pas me garder dans vos bras…

— C'est pour vous éviter une chute. Il fait tout à fait sombre maintenant. Laissez-moi vous guider jusqu'à ce banc. N'est-il pas placé là à dessein pour que puissent joindre leurs bras une dernière fois ceux qui vont mourir ? Mais tenez, citoyenne, je ne vous mens point. Écoutez…

Un roulement de voitures.

— Des amoureux peut-être qui partent, enlacés, vers une guinguette au bord de l'eau. L'été est si chaud, cette année…

— Des soldats… *(chansons guerrières)*

— Des petites filles qui jouent au ballon… *(une complainte dite par une voix d'enfant)*

— Des marchands… *(« Échaudés ! Beignets ! Tout chauds, tout brûlants ! »)*

… Mme Veto avait promis
De faire égorger tout Paris…

— On ne voit plus rien.

— Je vois briller vos yeux.

— Et moi, cette balafre sur votre front…

— Nous ne sommes pas seuls, ici, regardez… Toutes ces ombres qui passent la grille.

On entend des murmures :

« Mon chéri, mon cœur… Mon amant… Encore

un baiser. Ne me refuse pas. Qui sait si nous serons là demain ? Non, non, mon bien-aimé, laissez-moi… »

— Quel est votre nom, citoyenne ? J'ai entendu le geôlier l'écorcher, tout à l'heure, après vous. Je voudrais l'entendre encore de votre bouche.

— Joséphine de Beauharnais[1].

— Joséphine. Vous avez une peau si mate et si douce, dorée on ne sait par quel soleil.

— Je suis créole.

— Ah, c'est donc cela qui vous donne un si doux parler. Charmante Joséphine… Que le sort est étrange qui nous réunit, vous, une ci-devant marquise, à moi, ancien palefrenier des écuries royales.

— Vous êtes un soldat, beau et brave. Vous étiez à Thionville, n'est-ce pas ?

— À Thionville, à Grandpré, au siège de Maastricht… Nous manquions de tout, ni pain, ni souliers, couchant dans la neige, marchant dans la boue… et Dunkerque ! Au début du siège j'avais écrit au Comité de salut public que nous sauverions

1. Teresa M. Lussone relève qu'Irène Némirovsky commet ici une erreur historique, puisque « Marie-Josèphe Rose ne prendra le nom de Joséphine que plus tard, par volonté de Napoléon » (« Vie de l'impératrice Joséphine, un inédit d'Irène Némirovsky », *Revue italienne d'études françaises*, n° 3, 2013, p. 474).

Dunkerque, et nous l'avons sauvé. En Alsace, nous n'avions ni pain, ni poudre, mais du courage et du patriotisme. Le soir, sur le Geisberg, que de morts ! Et tous les coalisés, Brunswik, Hohenlohe, et tous ces jean-foutre d'émigrés, tous les Condé, les Bourbon, les Enghien, ce qu'on les a renversés, culbutés, écrasés ! Ah, c'était bon !

— Que vous aimez la guerre.

— C'est mon métier.

— Quel triste temps. Les hommes que l'on embrasse sentent la sueur, la poudre et le sang.

— Bah, vous aimez cela…

— Non ! Mille fois non ! J'aime les robes, les bijoux, les dentelles, le rire, la gaîté, l'indolence, les chansons…

— Ce sont des plaisirs de femme, et nous avons les nôtres.

— Nous n'occupons plus la première place dans vos cœurs.

— C'est bien vrai ! Oh, pardon, citoyenne. Je suis un soldat grossier. Eh oui, notre première maîtresse, c'est la nation. Mais moi, on m'a séparé d'elle. Vous n'avez donc pas à être jalouse.

— Jalouse ? Mon beau général, je vous trouve bien fat.

— Joséphine !

— Non, laissez-moi. Laissez-moi, je… Oh, que vos bras sont forts ! Mais vous me faites horriblement mal ! Non, non… Prenez garde, voyons ! Vous déchirez mon corsage, je n'ai que celui-là. Non, non… *(Un silence.)* Oui.

— Dans une heure, quand la nuit sera tout à fait tombée, je viendrai.

— Oui, je te guiderai. Il y a, dans un coin du jardin, un grand arbre et, à son ombre, même si la lune paraît, nous ne serons pas vus.

— Tu connais bien l'endroit, ma belle.

— Je suis enfermée ici depuis plus de deux mois, attendant chaque matin la mort.

— Je comprends. Tu as bien raison, va. Je ne te fais pas de reproches.

Un air de flûte.

— Celui-là sera exécuté demain. Mais vous, général, vous êtes si fort, si brillant et si beau. La mort qui a peur de vous approcher sur les champs de bataille n'aura pas l'audace de vous prendre sur un échafaud.

— On m'a prédit que je mourrai avant trente ans, et non d'un obus ou d'une balle ennemie. Or, un soldat ne meurt pas dans son lit. C'est donc la guillotine qui m'aura. Tant pis! Il faut s'y soumettre.

— Il ne faut pas croire aux présages, général. Dans mon pays, autrefois, une vieille négresse, diseuse de bonne aventure, m'a bien prédit que je serai reine…

L'air tendre et doux de flûte reprend.

Femmes de Paris, femmes de lettres

La dactylographie de cette réalisation radiophonique est datée du 19 avril 1939. Elle a été diffusée sur les ondes de Paris-PTT, le 23 avril 1939, de 19 h 45 à 20 h 15.

La femme de lettres, en tout temps, en tous lieux, est une femme qui a réussi à retirer des avantages personnels de ses embêtements privés. Très différentes par le talent et le caractère, elles ont toutes cette marque commune : d'elles-mêmes, de leur propre cœur, de leurs joies et de leurs souffrances, elles extraient leurs romans ou leurs poèmes. Les hommes aussi d'ailleurs, je crois. Mais ils s'en défendent et nous nous en vantons. Voilà la différence. Nous avons voulu faire revivre pour vous quelques femmes de lettres célèbres d'autrefois. Nous commencerons par l'une d'entre elles qui a vécu il y a très longtemps et qui n'est plus guère lue que par des professeurs de littérature et des érudits, mais dont l'histoire tient en ces quelques lignes qui nous sont encore très compréhensibles : « Elle eut des chagrins d'amour et elle écrivit pour se consoler. » Elle s'appelait Christine de Pisan ; elle a vécu vers la fin du XIVe siècle et au commencement du XVe. On parlait alors un français que nous comprendrions mal. C'est pourquoi nous le traduisons pour vous en langage contemporain.

Christine de Pisan

(On entend des trompettes, des cris : « Noël ! Noël ! »)

UNE DAME

C'est un fort beau tournoi.

UNE AUTRE DAME

Voici venir Christine de Pisan. Elle a écrit de bien ennuyeux livres.

LA PREMIÈRE DAME

Assommants ! Je ne les ai d'ailleurs point lus, mais la dame avance vers nous ; il convient de lui faire compliment ; elle aime qu'on loue ses ouvrages.

(Christine de Pisan est une longue et maigre femme, à l'œil vif et au nez pointu ; elle porte une robe à traîne et une sorte de cornette à deux pointes.)

LA DEUXIÈME DAME

Fêtes et joutes se succèdent depuis quelque temps, mais la plus grande liesse me fut, Madame, de lire votre très docte et très remarquable ouvrage sur notre défunt roi Charles.

LA PREMIÈRE DAME

Je préfère encore, si possible, vos *Dits moraux*.

CHRISTINE DE PISAN

Vraiment, mesdames, je vous rends grâce. En un temps aussi sombre que le nôtre, où on n'entend parler que de séditions et d'impôts, où la guerre est à nos portes, quel autre bien nous reste-t-il que la poésie chevaleresque et les douces consolations amoureuses ? Mais je vous quitte, car je dois présider la cour d'Amour.

LA PREMIÈRE DAME *(après une seconde de silence)*

La cour d'Amour ! N'aurait-on pu trouver quelqu'un de plus jeune pour la présider ?

LA DEUXIÈME DAME

Vous savez que Christine de Pisan est follement amoureuse du beau duc d'Orléans ?

LA PREMIÈRE DAME

La pauvre !

(Rires.)

(Si possible, quelques mesures jouées sur un instrument ancien.)

Madame de Sévigné

Après Christine de Pisan, nous allons évoquer Madame de Sévigné. Vous savez que cette femme simple et bonne aimait profondément sa fille, qui ne lui témoignait point la même tendresse. La pauvre femme déversait le trop-plein de son cœur dans ses lettres admirables ; elle aussi se consolait en écrivant. Et pourtant comme Madame de Sévigné aimait sa fille ! Écoutez-la :

MME DE SÉVIGNÉ

Ma toute bonne ! Ma toute belle ! Que j'ai du chagrin de vous voir repartir vers votre Provence !

MME DE GRIGNAN

Ma mère, je vous présente mes respects. Je me vois obligée de vous quitter. Les coffres sont déjà dans le carrosse. *(Les clic-clac du fouet, le bruit d'un lourd carrosse qui roule sur les pavés de la cour, des cris d'enfants*[1]*.)* Vous m'écrirez souvent, ma mère.

MME DE SÉVIGNÉ

Et vous me répondrez rarement, je le sais.

MME DE GRIGNAN

Mon cœur pour vous est tel que vous le souhaitez et que vous ne le croyez pas.

1. Ces deux lignes sont biffées sur le manuscrit dactylographié.

MME DE SÉVIGNÉ

Il est tel que je le souhaite et que je le crois, mais je vous supplie de me le dire un peu plus souvent.

(Les enfants entrent.)

UN ENFANT

Adieu, grand' maman ! Voyez, j'ai un fouet ! Je fais clic-clac comme les cochers[1] !

MME DE SÉVIGNÉ

Adieu mes amours, mes petites entrailles ! Ayez pitié d'eux, ma fille, aimez-les bien !

MME DE GRIGNAN

Ne dirait-on pas que je les maltraite ?

MME DE SÉVIGNÉ

Vous prenez de travers tout ce que je vous dis.

MME DE GRIGNAN

Vous les gâtez trop !

1. Réplique biffée sur le manuscrit dactylographié.

Madame de Grignan

MME DE SÉVIGNÉ

Est-il vrai que vous songez à mettre Marie-Blanche au couvent ?

MME DE GRIGNAN

Parfaitement vrai !

MME DE SÉVIGNÉ

Mais elle n'a que cinq ans !

MME DE GRIGNAN

Elle deviendra raisonnable. Ma mère, pardonnez-moi, mais vraiment il nous faut partir.

(Brouhaha d'adieu.)

MME DE SÉVIGNÉ

Il me semble qu'on m'arrache le cœur et l'âme.

Dans le monde, cependant, on insinuait que les fameuses lettres de Madame de Sévigné étaient plus affectées que sincères et qu'on a difficilement beaucoup de cœur quand on a tant d'esprit.

(Un air de danse du temps de Louis XIV.)

Nous sommes dans la grande galerie de Versailles au bal du roi. Les pierreries étincellent. C'est une confusion d'uniformes d'or, de grandes robes de soie brochée, de coiffes de dentelle. Les femmes ont un pied de rouge sur les joues. Les duchesses sont plus fardées que les marquises et les princesses de sang royal davantage encore. Sur tout cela brillent les girandoles, les lustres, mille bougies.

UNE DAME

Sa Majesté fait danser Madame de Sévigné.

UNE AUTRE DAME

Elle paraît toute glorieuse.

LA PREMIÈRE DAME

Croyez-vous vraiment qu'elle soit si vertueuse ?

LA DEUXIÈME DAME

Une personne si enjouée, toujours riant, toujours de bonne humeur ne peut avoir des principes bien sévères.

LA PREMIÈRE DAME

Sa Majesté a bien bonne mine.

LA DEUXIÈME DAME

Madame de Montespan a un nouvel habit qui lui sied fort bien.

(L'air de danse reprend.)

De toute cette société si brillante, si superbe, il ne serait resté que des noms qui ne parleraient plus à notre imagination si Madame de Sévigné et quelques maîtres ne nous en avaient tracé un si vivant portrait. Grâce à la charmante marquise, ces airs de danse, ces réunions si animées, tant de grandeur, tant de victoires, tant d'intrigues nous demeurent proches et nous touchent encore. Mais les années passent et le siècle de Louis XIV s'efface et disparaît.

(Ici il faudrait des cloches qui sonnent un air de triomphe, puis ensuite le glas, puis des coups de canon.)

Guerres, révolutions ! Un nouveau monde naît des ruines de l'ancien, mais le cœur humain ne change pas ni ceux qui sont nés pour décrire ses joies et ses souffrances. Nous voici en 1833, au dîner de la *Revue des Deux Mondes*.

(Brouhaha de voix.)

— Vous ne connaissez pas, je crois, votre voisin de table ?
— Alfred de Musset – Madame George Sand.

George Sand

George Sand est jeune encore ; elle a de beaux yeux noirs, un teint d'Espagnole, ses cheveux sont coiffés en boucles qui tombent sur ses épaules, selon la mode du temps. Les malveillants lui reprochent son air quelque peu placide et endormi ; les mauvaises langues ajoutent même le qualificatif de « ruminant », mais on s'accorde à louer son regard plein de feu, l'élévation de ses pensées et de son style. Quant à Alfred de Musset, il est...

CHŒUR DE VOIX FÉMININES

Il est charmant ! Charmant ! Charmant !

UNE DAME

Eh bien, George, comment vous plaît Alfred de Musset ?

GEORGE SAND

C'est un insupportable poseur.

UN MONSIEUR

Alfred, que pensez-vous de la célèbre George ?

ALFRED DE MUSSET

Je ne puis souffrir les écrivassières...

Et pourtant, quelques mois plus tard…

(Bruit de berline.)

Alfred de Musset et George Sand partaient ensemble pour l'Italie. Cette idylle célèbre a fait couler des flots de larmes et des flots d'encre. La légende s'en est emparée, si bien que, lorsque nous pensons aux amants de Venise, nous les imaginons à peu près ainsi :

(Un gondolier chante un air langoureux.)

ALFRED

Oh ! ma belle George, laisse-moi pleurer dans tes bras, couvrir de baisers tes longs cheveux noirs et prendre la lune et les étoiles à témoin de notre impérissable amour !

GEORGE

Alfred ! Mon ange ! Des larmes heureuses se pressent à mes paupières ! Vois ! Elles coulent sur mes joues !

ALFRED

Chères larmes… Laisse-moi les boire dans un baiser. À la clarté de la lune, elles semblent des perles.

GEORGE

Oh ! belle lune, chérie des amants !

ALFRED

Mon George, nous voyagerons ensemble ; nous verrons la brune Espagne…

GEORGE

Et la verte Écosse…

ALFRED

Les fiers châteaux du Rhin…

GEORGE

Et la blonde et rêveuse Allemagne…

(Musique de ces différents pays, si on veut)

ALFRED

Nous vivrons dans la paix bucolique des douces campagnes de Bavière !

GEORGE

Alfred ! Partir avec toi ! Mourir !

ALFRED

Oh ! George ! Mourir avec toi ! Partir !

Voici, dis-je, comment nous les imaginons, mais je ne puis m'empêcher de croire que la réalité était un peu différente. Peut-être ressemblait-elle davantage à ceci :

Vous semblez soucieux, monsieur Buloz ?

BULOZ

Soucieux ! On le serait à moins ! J'attends la suite du roman de George Sand, et depuis qu'elle est à Venise avec Musset, elle m'oublie, elle oublie aussi la *Revue* ! Ah, la funeste idée que j'ai eue de les inviter à ce dîner où ils se sont connus ! Aussi, j'en fais le serment : il n'y aura plus de femmes au dîner de la *Revue*. Plus de femmes ! Jamais !

Et voici pourquoi, dit la tradition, au fameux dîner annuel de la *Revue des Deux Mondes*, les hommes seuls assistent. Pas une femme n'y est admise. De cette injustice, nous devons accuser George Sand. Retournons cependant à Venise :

ALFRED

Hé ! *facchino !*

LE VALET

Signor francese ?

ALFRED

Te reste-t-il encore une bouteille de ce vin d'Asti ?

LE VALET

C'est la dernière, Signor, vous avez bu les autres.

ALFRED

C'est bien. Pose le verre là. Merci. George ! George ! Elle ne répond pas ! On n'entend que le grincement de sa plume ! George, viens ! Ne veux-tu pas admirer ce beau coucher de soleil sur la lagune ?

GEORGE

Je travaille, mon ami.

ALFRED

Mais tu travailles sans cesse.

GEORGE

Imite-moi.

(Alfred bâille.)

ALFRED

Veux-tu une goutte de ce vin d'Asti, léger et doré comme le ciel au soleil couchant ?

GEORGE

Tiens ! C'est une jolie image ! Je la prends. Elle finira très bien mon paragraphe. Tu permets ?

ALFRED

Je t'en prie.

(Alfred chantonne.)

GEORGE

Mon bon Alfred, un peu moins fort, je t'en prie. J'écris le dernier chapitre. Encore quelques lignes et c'est le mot « fin ».

ALFRED

Ah ! quel bonheur ! Eh bien, laisse maintenant tes paperasses ! George ! Mais je croyais que tu avais fini ton roman ?

GEORGE

Mais je l'ai fini, mon chéri. J'en commence un autre.

ALFRED *(découragé)*

Bon, bon. Je vais sortir faire un tour en gondole.

GEORGE

Tu vas prendre froid et t'enivrer ! Tu ferais mieux d'achever ce poème commencé hier à Lido par cet admirable clair de lune.

ALFRED

J'étais dévoré par les moustiques.

GEORGE

Mais le poème est très beau. Et Buloz demande de la copie…

ALFRED

Eh bien, écrivons…

Mais l'idylle finit mal, comme on sait. George Sand se consola avec Chopin et partit avec lui pour l'île Majorque. Ce fut là qu'un jour, George Sand alla faire, avec son fils, une promenade dans la campagne où un orage les surprit :

(Coups de tonnerre, etc.)

GEORGE

Dépêchons-nous, Maurice, on va s'inquiéter à la maison.

MAURICE

Mon George, je peux à peine avancer…

GEORGE

Quel éclair aveuglant ! La mer est magnifique !

MAURICE

Je vois le toit de la maison.

GEORGE

Chopin doit être furieux et inquiet.

(Les grondements de tonnerre s'affaiblissent.)

MAURICE

L'orage s'éloigne… Ah, enfin, nous voici arrivés. Et, naturellement, la pluie va cesser.

GEORGE

Il tombe encore quelques gouttes d'eau.

(On entend les premières mesures du prélude de La Goutte d'eau.*)*

MAURICE

Dépêche-toi, tu vas prendre froid.

GEORGE

Écoute, Chopin s'est mis au piano et il joue pour tromper son impatience.

(Le prélude reprend d'abord en sourdine pour permettre les répliques suivantes.)

MAURICE

Te décides-tu à rentrer ?

GEORGE

Il ne pleut presque plus, et cette admirable musique dans la nuit, avec les derniers grondements de l'orage qui s'éloigne, est si belle que je ne puis me lasser de l'entendre.

MAURICE

Tu l'entendras aussi bien auprès d'un bon feu.

GEORGE

Tais-toi ! On ne joue pas ainsi deux fois dans la vie. C'est un instant unique, inoubliable…

(Le prélude se termine.)

....

Mais les années passent. George Sand maintenant est loin des folles passions, des amours de jeunesse. C'est une vieille dame avec des bandeaux gris bouffants, qui se promène au milieu des roses, dans son jardin de Nohant.

(Une chanson berrichonne.)

Elle a atteint l'âge qui, pour la femme, est celui de la renonciation, de l'apaisement, mais, plus heureuse qu'une femme ordinaire, elle n'a pas cette angoisse desséchante, désolante de voir les belles années, les années fécondes restées derrière elle, car si une femme de lettres vieillit, ses œuvres gardent une éternelle jeunesse. L'amour qu'elle a ressenti ne disparaît pas à jamais, il demeure fixé dans les pages de ses livres et lorsque tout disparaît, il lui reste encore ce grand bonheur : écrire.

(Quelques mesures de la chanson.)

....

Presque aussi légendaire que l'époque que nous venons d'évoquer, apparaît pour nous l'avant-guerre, la période des Ballets russes, etc. Imaginons que nous sommes de bons provinciaux et admirons, de loin, le beau monde d'alors.

(Quelques mesures de Petrouchka *ou du* Coq d'or.*)*

UN PARISIEN

Vous ne regardez pas la scène, ma tante.

LA PROVINCIALE

Toutes ces couleurs me font mal aux yeux.

LE PARISIEN

Le vrai spectacle est dans la salle, ce soir.

LA PROVINCIALE

Que tout cela est brillant ! Tu connais tous ces gens-là ?

Car il nous faut supposer que parmi les provinciaux, se trouve un Parisien bien renseigné.

LA PROVINCIALE

Qui est cette dame si entourée ? On la salue comme une reine.

C'est une femme fine, belle, aux grands yeux noirs, au profil impérieux, à la petite tête étroite coiffée d'un bandeau brillant comme un diadème. On se presse autour d'elle ; on la regarde avec admiration.

LE PARISIEN

C'est la comtesse de Noailles, un grand poète.

....

Mais ces temps aimables et faciles sont loin. Nous voici arrivés à une dure époque, la nôtre. Une femme de lettres, de nos jours, a de multiples occupations que l'on ignorait autrefois.

Dès le matin, la femme de lettres moderne est réveillée par le téléphone.

(Sonnerie du téléphone.)

— Allô.

« Madame, je suis chargée par mon journal de vous demander ce que vous pensez de l'amour... »

Un peu plus tard :

(Sonnerie du téléphone.)

« Madame, à quelle heure pourrais-je venir chez vous ? Je fais une enquête auprès de nos contemporains pour savoir ce qu'ils pensent des événements actuels. »

La femme de lettres moderne se double plus souvent d'un reporter. La voici chez le directeur d'un grand journal :

LE DIRECTEUR

Nous voudrions un papier très vivant, très documenté sur l'Albanie.

ELLE

Pour quand vous le faut-il ?

LE DIRECTEUR

Pour samedi sans faute.

ELLE

Entendu.

(Coup de téléphone.)

LE DIRECTEUR

Allô ! Allô ! Dites-moi, chère madame, tout est changé. L'Albanie n'est plus au premier rang des préoccupations mondiales. Allez donc en Pologne. En prenant l'avion, vous avez des chances d'arriver avant que l'intérêt du public ne se porte ailleurs…

(Bruit du train, de l'avion, etc.)

Lorsqu'elle ne quitte pas Paris, la femme de lettres est appelée à l'improviste dans le studio où l'on tourne un film tiré de son roman.

(Bruit de studio. – « Bon pour le son », etc.)

LE *PRODUCER*

Ah ! bonjour, madame. Nous vous avons fait appeler pour vous prier de raccorder ce petit bout de dialogue qui se rapporte au mariage de l'héroïne.

ELLE

Au mariage ? Mais c'est une erreur…

LE *PRODUCER*

Comment cela, une erreur ?

ELLE

Voyons, voyons, cher monsieur, c'est un roman historique. Mademoiselle de la Vallière, dont il est question, entre au couvent. C'est authentique.

LE *PRODUCER*

Oui, mais nous avons changé tout cela.

ELLE

Ah ! bon…

LE *PRODUCER*

Oui, vous comprenez, une fin comme celle-ci attriste le spectateur… Alors, c'est un mariage à la place, vous comprenez ? Elle épouse Louis XIV. Mais, naturellement, pour respecter l'histoire… c'est un mariage secret. Ils ont un fils qui combattra plus tard pour l'indépendance américaine. C'est pour tâcher de faire passer le film à l'exposition de New York…

....

Quelle vie fiévreuse, direz-vous, surchargée d'occupations et d'obligations de toutes sortes ? Quand donc ces femmes trouvent-elles le temps d'écrire ? Mais qu'une femme de lettres soit prise par l'amour, la maternité, la vie mondaine, ou qu'elle soit, comme maintenant, cinéaste ou reporter à l'occasion, voici encore un trait distinctif de la femme de lettres, en tout temps, en tous lieux : elle trouve toujours le temps d'écrire.

Emilie Plater

La dactylographie de cette réalisation radiophonique est datée du 24 novembre 1939. Elle a été diffusée sur les ondes de Paris-PTT, le 11 décembre 1939, à 21 h 45. Les principaux comédiens étaient Marie Valsamaki, Véra Korène et Maurice Escande. Elle a connu une autre diffusion sur Radio-Paris, le 23 février 1940 à 21 h 45.

Emilie Plater

Emilie Plater est le nom de cette jeune Polonaise qui combattit héroïquement, en 1831, pour la liberté de son pays. Vous savez qu'après la Révolution française de 1830, toute l'Europe fut soulevée d'un désir ardent de gloire et d'indépendance. La Pologne détestait la Russie qui l'opprimait, et tous les hommes, toutes les femmes étaient possédés d'une véritable ivresse de haine et de fureur guerrière. Un peu avant 1830, dans un grand domaine de la Livonie polonaise, une jeune fille vivait avec sa mère et une vieille parente. C'était une petite personne pâle, aux cheveux blonds, d'aspect frêle, mais ardente et brillante.

Imaginez sa demeure et son pays. Un beau château riant, un grand jardin, des terres vastes comme un département de France, une vie qui devrait être facile et légère, car les bals, les chasses, les promenades sur l'eau semblent l'occuper tout entière, mais c'est, en réalité, une existence assombrie par la conscience d'appartenir à une nation vaincue, réduite à l'esclavage.

Ces maîtres haïs, on est obligé de les voir parfois, de les admettre dans sa maison. Ce soir, on danse au château et les officiers russes de la garnison voisine sont invités.

(Une phrase de mazurka.)

LA MÈRE

Allons, Emilie, venez, où êtes-vous ?

EMILIE

Oh, maman, je vous en prie, ne me forcez pas à danser. Vous savez que je suis sauvage, que je ne suis heureuse qu'à cheval ou parmi les paysans.

LA MÈRE

Mais c'est justement ce que je vous reproche, mon enfant. Une jeune fille de bonne famille, comme vous l'êtes, doit par-dessus tout s'attacher à ne différer en rien de ses compagnes, à ne les surpasser en rien. Ni trop de beauté…

EMILIE

Je ne suis pas belle, ma mère.

LA MÈRE

Tu es charmante, et tu le sais. Que disais-je donc ? Ni trop de beauté, ni trop de science, mais un maintien modeste, convenable à une jeune personne, et non les airs brusques d'un garçon.

EMILIE

Ah, la nature s'est bien trompée en me faisant naître fille !

LA MÈRE

Oui, c'est ce que nous pensons toutes jusqu'au jour où…

EMILIE

Quel jour, maman ?

LA MÈRE

Rien. Que cela ne vous trouble pas. Voici un cavalier qui vient vous chercher.

EMILIE

Comment peut-on danser et rire lorsque notre pays, notre Pologne est aux mains de l'ennemi ?

LA MÈRE

Voilà encore de tes extravagances ! Tu me feras perdre la tête ! Je suis aussi bonne patriote que toi, Emilie, mais je ne comprends pas en quoi ton refus de danser peut aider la Pologne ? Voyons, sois raisonnable…

EMILIE

Pourquoi invitez-vous les Russes ?

LA MÈRE

Parce qu'ils dansent bien.

EMILIE

Oh, maman…

LA MÈRE

Cela ne m'empêche pas de prier Dieu, lorsqu'ils soupent chez moi, que le morceau qu'ils mettent dans leur bouche soit le dernier. J'aime la danse, mais cela n'a rien à voir avec mes sentiments. Tenez, voici le commandant qui vient vous inviter. C'est un Russe, un barbare, un cosaque, mais… que son uniforme lui va bien. À quoi penses-tu ?

EMILIE

Je pense à un récit que j'ai lu. Autrefois, les femmes polonaises ne pouvaient se marier avant d'avoir trempé leurs mains dans le sang d'un ennemi.

LA MÈRE

Oui. Je connais ce vieux livre. Mais vous ne citez que la première phrase, Emilie. Or, la seconde est : « Elles atteignaient souvent à un âge avancé sans être mariées… »

UN OFFICIER

Mademoiselle, m'accordez-vous cette danse ?

(Mazurka.)

Que je suis heureux de vous voir… Je me sens moins ému la veille de la bataille que les soirs où votre mère m'invite au château. Mes camarades plaisantent lorsqu'ils me voient fou de joie au moment de monter à cheval et de me rendre chez vous… Oui, c'est vrai, je suis fou, vous m'avez rendu fou.

(Il fredonne.)

« Pour les beaux yeux d'une femme... »

EMILIE

Je vous en prie, taisez-vous !

L'OFFICIER

Ah, il y a trop longtemps que je me tais. Et vous faites mine de ne rien comprendre ! Les Polonaises sont froides et coquettes, habituées aux hommages, mais, chez nous, aucune femme ne peut sans frémir, sans se troubler entendre un aveu d'amour, même si la bouche qui le prononce n'est pas celle de l'homme aimé. Dans l'ombre, Emilie, toutes les bouches se ressemblent...

EMILIE

Taisez-vous ! Non ! Cette terrasse est trop sombre. Laissez-moi.

L'OFFICIER

Emilie, vous n'allez pas me quitter... Ne suis-je pas votre ami le plus respectueux ?

EMILIE

Vous n'êtes pas mon ami.

L'OFFICIER

Vous tremblez…

EMILIE

J'ai froid.

L'OFFICIER

Froid ? Il n'y a pas un souffle d'air. Venez près de moi sur ce banc. J'adore demeurer ainsi loin du bal et n'entendre que le bruit lointain de la mazurka et le cliquetis des éperons. Laissez-moi prendre votre main : elle est petite et tendre, mais habile à conduire un cheval, à manier une arme, je le sais. Comtesse, cette main charmante, je voudrais la garder pour toujours. Voulez-vous être ma femme ?

EMILIE

Non. C'est impossible, c'est… Vous me faites beaucoup d'honneur, mais…

L'OFFICIER

Non ! Ne commencez pas à répéter votre leçon de jeune fille bien élevée. Vous m'avez habitué à plus de franchise, à plus de brutalité. Aimez-vous quelqu'un d'autre ?

EMILIE

Oui, mais ne soyez pas jaloux. Ce n'est pas un homme que j'aime, ce sont des bois, des champs, des églises… un pays.

L'OFFICIER *(il rit)*

En effet, je n'en suis pas jaloux…

EMILIE

Vous avez tort…

L'OFFICIER

Ma petite Diane chasseresse, je vous laisserai courir les forêts à votre guise, je vous le promets. Mais ce sont des fantaisies de fillette qui cesseront lorsque vous aurez connu la vie du monde (ici, ce n'est qu'une ennuyeuse province). Vous verrez les bals de la cour, vous verrez Paris, Londres et Naples. Enfin, d'autres soucis vous retiendront chez vous, auprès d'un mari amoureux, auprès de nos enfants, Emilie.

EMILIE

Ah, voici un mot qu'il ne fallait pas prononcer! Je vous écoutais, j'étais faible, lâche. Je me souviens maintenant! Jamais je ne vous épouserai!

L'OFFICIER

Pourquoi?

EMILIE

Je suis polonaise!

L'OFFICIER

Est-ce ma faute? Je me suis montré ici le sujet loyal du tsar, il est vrai, mais jamais je n'ai outrepassé mes droits. Personne ne pourrait se plaindre de moi dans cette province.

EMILIE

C'est possible, mais vous êtes mon ennemi, l'ennemi de mon pays. Allez-vous-en! Ne revenez plus jamais chez nous. Je vous l'interdis… Je vous en prie… Partez… Laissez-moi…

(Quelques mesures de mazurka.)

Quelques mois passèrent et toute la Pologne se souleva. Les troubles commencèrent parmi les étudiants et les intellectuels. Le peuple attendait. Les chefs du mouvement étaient braves, mais, comme toujours en pareil cas, ils se trouvaient divisés, les uns voulant obtenir des Russes quelque adoucissement au régime politique, d'autres désirant l'indépendance complète. Tandis qu'ils hésitaient et discutaient, les jeunes gens pleins d'impatience prêchaient la révolte aux paysans. Certains de ces jeunes gens étaient destinés à servir dans l'armée du tsar. Ainsi les deux cousins d'Emilie Plater se trouvaient dans la forteresse de Dunabourg, dans une école de sous-officiers. Emilie songea à s'emparer de cette forteresse. Oui, cette jeune fille, irritée par l'indécision des insurgés, voulut, seule, leur donner cet exemple. Elle savait ce qu'elle risquait : la Sibérie, la déportation, la mort. Elle coupa ses cheveux comme Jeanne d'Arc, échangea ses robes de mousseline contre des habits d'homme et partit à cheval pour le village de Dousiaty.

C'était un dimanche *(cloches)*, le peuple sortait de l'église.

UN PAYSAN

Eh, ne poussez pas ! Quelle foule ! Qu'attendent donc les gens aujourd'hui ?

2e PAYSAN

On dit que la jeune comtesse Plater va venir nous parler.

UNE PAYSANNE

Eh, Seigneur, est-ce ainsi qu'une jeune dame doit se conduire ? J'ai connu sa mère. Elle se promenait avec de belles robes de dentelle comme il convient à une comtesse. Elle se retournerait dans sa tombe, si elle voyait sa fille galoper à travers les champs en habits d'homme.

1er PAYSAN

Tais-toi, la vieille, tu ne comprends rien !

LA PAYSANNE

Oui, vous vous croyez bien malins, vous autres, jeunesse ! Tout cela finira mal.

2e PAYSAN

Tais-toi, corbeau de malheur !

LA PAYSANNE

Tout cela finira mal. Les espions du tsar sont partout. Il faut se méfier de ce que disent les riches et les nobles. Ils se sauveront toujours et nous paierons les pots cassés…

1er PAYSAN

Non ! Non ! Tais-toi… La comtesse, voici la comtesse !

(Des voix d'enfants.)

1er ENFANT

Tu la vois ?

2e ENFANT

Oui, elle est sur un grand cheval.

3e ENFANT

Est-ce qu'elle va nous donner des sous ?

1er ENFANT

Qu'est-ce qu'elle dit ?

2e ENFANT

Les gens crient trop. On n'entend rien.

EMILIE

Paysans, vous êtes malheureux, vous êtes esclaves…

3e ENFANT

Elle dit que nous sommes malheureux…

1er ENFANT

C'est bien vrai. Chez nous, les Russes ont pris notre vache.

EMILIE

… vous êtes accablés d'impôts. Les Russes vous prennent tout votre bétail et votre blé… Ils sont injustes, avides, cruels. Vous savez bien que tout notre malheur retombe sur vous, sur les plus misérables. Les riches paient et on les laisse tranquilles. Mais vous qui ne pouvez leur offrir des pots-de-vin, c'est votre vie elle-même qu'ils vous volent…

1er PAYSAN

C'est vrai, c'est bien vrai…

EMILIE

Les Russes se moquent de notre sainte religion catholique ! Ils persécutent nos prêtres. La police fouille partout et force les femmes à dénoncer leur mari, les enfants à trahir leur père. Les jeunes gens doivent aller servir dans l'armée russe, et vous savez comment sont traités leurs soldats ! Comme des galériens ! Assez de misères ! Assez de larmes ! Il est temps. Vous savez que partout en Pologne et en Lituanie le sang coule. Nous voulons être libres. Il faut aller aider nos frères qui combattent contre les Russes. Il faut prendre les armes, Dieu le veut !

2e PAYSAN

Les armes ? Elle en parle à son aise, la comtesse. Il n'y a pas un seul fusil dans tout le village.

1er PAYSAN

Eh, imbécile, prends ta faux !

Et ce fut ainsi, armés de faux, de piques, de vieux fusils de chasse, conduits par une femme que les jeunes gens de Dousiaty allèrent à la bataille.

Et, tout d'abord, ils furent victorieux ; ils s'emparèrent de la poste aux chevaux ; ils mirent les Russes en fuite. Ils marchèrent vers la forteresse de Dunabourg, comptant que la garnison se soulèverait à leur approche, mais le commandant avait envoyé à l'intérieur de la Russie ces soldats polonais dont il se défiait et, sous Dunabourg, la petite troupe d'Emilie Plater fut battue. Comment la jeune fille parvint-elle à échapper à l'ennemi ? Elle marchait la nuit, se cachait le jour dans les roseaux, au bord des rivières ou dans une grange abandonnée. Cependant autour d'elle brûlaient tous ces villages qui s'étaient soulevés les uns après les autres et qui étaient cruellement châtiés maintenant. Les églises étaient en flammes.

(Toscin.)

Enfin, Emilie put rejoindre un régiment d'insurgés.

UN INSURGÉ

C'est cela la fameuse comtesse Plater ? Qu'elle est petite et pâle… Je la croyais plus belle.

2e INSURGÉ

Je l'ai vue dans un bal à Varsovie, il y a deux ans. Elle était charmante…

1er INSURGÉ

Une femme ne devrait pas quitter son éventail, ses souliers à hauts talons et ses volants de mousseline. Si elle savait comme cela la dépoétise… Elle parle au commandant. Chut ! Écoutez !

2e INSURGÉ

Elle demande à combattre pour nous, comme un soldat.

(Des rires étouffés.)

LE COMMANDANT

Comtesse, vous êtes femme et vous ne pourrez jamais supporter les fatigues de la guerre. Le danger et la mort ne sont rien, mais songez aux nuits sans sommeil, aux jours sans nourriture, aux pluies d'automne, à la boue de nos routes. Permettez-moi de vous le dire : la place d'une jeune fille est à son foyer.

EMILIE

C'est bien, messieurs… Je retournerai auprès des paysans qui m'ont suivie. Une femme est assez bonne pour conduire à la bataille un peuple sans armes, puisque vous, qui avez des fusils et des sabres et qui connaissez l'art de la guerre, vous ne vous battez pas.

Et elle alla retrouver les chasseurs libres de Wilkomir. Là, c'étaient des gens rudes et braves qui la reçurent avec joie. Au bivouac, la nuit où elle arriva, le commandant voulut donner en son honneur une fête.

(Chants, musique militaire, puis un coup de canon.)

LE COMMANDANT DES CHASSEURS

Les Russes sont bien impolis de venir troubler ainsi notre fête.

EMILIE

Ils viennent l'embellir. Ils me donnent l'occasion de vous prouver que je suis digne d'être votre compagnon d'armes.

(Bruits de bataille.)

UNE VOIX

Des cartouches !

UNE AUTRE

Hélas, il n'y en a plus !

La nuit qui suivit la bataille et la défaite, Emilie put encore s'enfuir. Elle n'avait pas renoncé à la lutte. À travers des dangers sans nombre, elle gagna le camp de Chlapowsky ; celui-ci reforma tant bien que mal ces troupes d'insurgés, épuisés, blessés, malades, mourant de faim, mais il se voyait perdu. Il se réfugia en Prusse. Encore une fois, Emilie Plater reprit sa marche à travers la campagne dévastée, vers Varsovie, où elle espérait continuer la guerre. Elle avait deux compagnons : son cousin, le comte César Plater, et une femme qui avait suivi son exemple et qui s'était enrôlée parmi les soldats. Tous trois erraient dans les bois, poursuivis, sans nourriture, sans feu, par ces nuits humides. Emilie eut froid, et bientôt elle fut prise d'une fièvre terrible. Dans son délire, elle murmurait : « Je voudrais voir un drapeau polonais. »

On l'accueillit enfin chez des amis, malgré les risques terribles que comportait cette hospitalité donnée à une insurgée. On la soigna. On espérait la guérir. Varsovie, cependant, succombait à son tour. La Pologne entière était vaincue. Quelques jours après, Emilie mourut. Elle avait vingt-cinq ans.

On l'enterra en secret : on craignait la police du tsar. Mais, pour son âme, on pria dans tous les villages de la Pologne. En pleurant les femmes répétèrent l'invocation des Polonais à la Vierge :

« Vierge Sainte ! Si le Tout-Puissant a décidé que notre patrie doit souffrir comme votre Fils la mort du martyr, que sa gloire du moins fasse partie de la gloire éternelle du monde ! »

UN AUTOPORTRAIT

Un portrait physique de moi

Ces trois petits feuillets manuscrits, dépareillés et difficilement lisibles, datent certainement du travail préparatoire du Vin de solitude› *entrepris par Irène Némirovsky en 1933. Elle s'efforce, comme précisé dans un des paragraphes qui précèdent cet autoportrait, d'y dégager « les caractères fondamentaux des "Héléniens" », Hélène étant son double autobiographique dans ce roman qui paraîtra en 1935. Ces caractères, ajoute-t-elle, sont : « L'avidité, le désir, des jouissances immédiates, la terreur de la pensée, l'orgueil même envers soi, la superstition ayant remplacé la religion, une seule illusion, mais celle-là tenace, le foyer. »*

Irène Némirovsky

Un portrait physique de moi, telle que j'étais à vingt ans environ, jusqu'à vingt-trois. Les traits essentiels.

Elle semblait s'être arrêtée dans sa croissance et gardait à vingt ans un corps fragile et menu d'enfant. Seuls les mouvements étaient plus doux et plus onduleux (aïe). Un teint pâle sans poudre et seule, fardée d'un rouge sombre de fleur, la grande bouche tiraillée de rires nerveux. La danse l'avait brisée, essoufflée ; les jambes, surtout, étaient belles et agiles. Une robe blanche, serrée à la taille[1].

La santé, je crois. Menue et fragile comme une enfant de quinze ans, l'ovale du visage délicat, sans fard d'une pâleur lisse et olivâtre où l'on voyait

1. Irène Némirovsky semble avoir biffé ces cinq phrases.

cependant battre le sang, des boucles noires. Un visage mobile et expressif, mais à l'ovale arrondi, enfantin, un joli nez fin, une vilaine bouche, des dents éclatantes, des yeux perçants et doux. Mais avec les traits réels, je voudrais faire quelque chose de mieux. Je voudrais une jeune fille presque une enfant, silencieuse et qui dansait à l'excès avec une expression de muet plaisir, qui entrouvrait les lèvres et voilait l'éclat habituellement dur et perçant de ses yeux. Elle était vêtue de blanc, elle avait, sous une apparence frêle, des membres infatigables. Les cheveux lourds étaient coiffés en une tresse qui serrait son front, comme une sombre couronne, le visage olivâtre était d'un rouge sombre aux lèvres, un rouge sombre de velours, comme l'intérieur de certaines fleurs. Une petite tête, un front étroit serré par une sombre couronne de fins cheveux tressés, une pâleur sans fard, la peau pâle, fraîche et lisse, des yeux bruns au regard perçant et profond, des yeux tristes qui ne riaient pas lorsqu'elle riait, et ce sourire rare qui entrouvrait lentement ses lèvres et montrait ses dents brillantes. Les manches courtes laissaient apercevoir des bras minces, d'apparence fragile, mais vigoureux, aux poignets minces et durs. Je voudrais donner l'impression d'un être silencieux, où tout se passe en dedans, qui ne daigne donner aux autres que les rares éclats de sa gaîté, assez ironique, aimant s'habiller simplement, en robe blanche, les bras toujours nus, un teint lisse et doré[1], heureuse seulement lorsque, partie tôt de l'hôtel le matin, après une nuit de danse, elle courait dans l'humide fraîcheur du matin, jambes nues, en espadrilles, en jupe bleue, le béret basque sur la tête, mordant dans une pomme. Pour le reste, elle était semblable aux autres, elle dansait, se laissait caresser sur la terrasse, faisait partie de ces jeunes filles fardées, qui tournent dans le vestibule du privé, trop jeunes encore pour entrer dans la salle de jeu, qui ont de trop beaux bijoux, qui fument, montrent leurs jambes, leurs seins, leurs dos, ces filles à moitié nues, brûlées de soleil le jour, épuisées de danses et de caresses la nuit, dépensant avec une sorte de folle et vaine ardeur leur corps et leur temps. Elle eut éprouvé une sorte de fausse honte à ne pas les imiter ; ou de se singulariser par[2]

1. Les cinq derniers mots ont été biffés.
2. Phrase inachevée ; il manque probablement un feuillet.

[…] ainsi, et, comme elle avait vingt ans, elle goûtait tout cela avec sincérité. Mais le meilleur moment était lorsque de grand matin, surtout au palace endormi, ses cheveux dénoués flottant sur les épaules, vêtue d'une jupe bleue et d'une chemise Lacoste, chaussée d'espadrilles, jambes nues, bras nus, elle montait sur les collines, elle avait aimé autrefois seulement les villes et les pierres ; elle commençait là à aimer les arbres de tout son cœur, etc.

[…[1]] arrive de dire : parmi les autres filles, elle paraissait insignifiante, mais quelques-uns l'aimaient, l'admiraient et lui obéissaient.

1. Ce dernier paragraphe commence par trois mots indéchiffrables.

TROIS CRITIQUES

« Une femme qu'a le cœur trop petit »

Cette critique de la pièce de Fernand Crommelynck a paru le jeudi 18 janvier 1934 dans la rubrique « Le théâtre » du « grand quotidien illustré » Aujourd'hui, *n° 272, p. 14.*

Parmi les auteurs, il en est un dont le nom seul est « une promesse de plaisir », si j'ose dire... On est certain à l'avance que la pièce représentée sera un succès, plus ou moins facile ; on se sent bienveillant et rassuré. Pour ne pas citer de vivants, je pense que nos pères devaient se trouver dans des dispositions d'esprit semblables quand une générale de de Flers et de Caillavet était annoncée. Nous ne parlerons pas de ceux dont le nom seul fait bâiller. Mais, entre les deux, certains auteurs ont le don d'irriter et d'agacer, au mépris de toute justice, avant même que le rideau se soit levé sur leurs pièces. Le public arrive dans la salle, en proie, déjà, à une humeur rétive, ne désirant pas s'abandonner à son plaisir, boudeur, dédaigneux. Mais lorsque dès les premières répliques, et, pour ainsi dire malgré lui, il se sent conquis, charmé, rit ou est ému, et donne enfin à la pièce son adhésion pleine et entière, alors, je crois que l'auteur doit se montrer plus fier de cette chaleureuse approbation accordée à son corps défendant par le public que par une molle acceptation à l'avance.

M. Fernand Crommelynck est justement un des auteurs dont je parle. Une atmosphère irritante l'entoure ; les snobs l'admirent trop et lui assènent des louanges redoutables comme le pavé de l'ours ; certains critiques dont on estime le jugement le dénigrent ; il a une réputation d'obscurité qui est souvent synonyme de faiblesse ; on le dit prétentieux et ne supportant pas le blâme. Ajoutez à ceci, dans le cas qui nous occupe, une pièce précédente qui a soulevé des orages[1], et un grand succès dont le souvenir s'est toutefois quelque peu estompé dans la mémoire, et enfin, un titre à mon humble avis détestable.

Et pourtant, le rideau se lève, les personnages paraissent, la pièce commence, et on songe avec

1. Il s'agit de *Tripes d'or*, farce tragique montée en 1925 à la Comédie des Champs-Élysées, dans une mise en scène de Louis Jouvet. François Mauriac, à cette occasion, avait comparé Crommelynck à « un Molière en état d'ébriété ».

ravissement : « Mais… mais, ma parole, c'est du Shakespeare… »

Entendons-nous. Des trois éléments dont les pièces se composent, l'intrigue, les caractères et le texte, le premier est nul. Mais cela n'a absolument aucune importance. Les intrigues de Molière, pour ne citer que celui-là, sont nulles. Les caractères ?… Là, malheureusement, il ne saurait être question de Shakespeare, de sa profondeur, ni de sa sagesse, à moins que l'on ne pense à ses comédies du genre *La Mégère apprivoisée*, mais ils sont vrais, humains et poussés d'une manière sûre sans jamais toucher la caricature. Quant au texte, poétique, un peu fou, comme doit l'être toute poésie, d'une richesse verbale extraordinaire, exprimant le suc des choses et la beauté de la vie quotidienne, toujours vrai, exact, et sachant dégager des réalités cette essence précieuse, ce cœur caché des êtres et des choses, que l'on ne sait pas voir seul, ce texte est un enchantement. On se plaint de sa longueur. C'est dire que la mariée est trop belle. »

Il est presque dommage de raconter la pièce, qui, dépouillée des mots magiques perd tellement de sa beauté. Je le ferai sommairement. Un veuf vient de se remarier avec une jeune femme, Balbine,

« l’implacable image de toutes les vertus ». Elle est exaspérante de perfection, travailleuse, modeste, ordonnée, patiente. Mais ce qui est curieux et charmant, c’est que malgré tout et accumulant les désastres sur sa route à force de vertu, elle n’est nullement l’acariâtre bourgeoise qu’elle aurait pu être, mais une femme séduisante et touchante, et l’on se réjouit de tout son cœur, quand, après avoir reçu de son mari une bonne râclée, il semble que l’amour lui ait donné enfin cette douceur et cet abandon qui lui manquent pour être heureuse et faire des heureux. Je doute, d’ailleurs, que ce dénouement soit conforme à la réalité. Dans la vie, Balbine demeurerait pareille : on ne se débarrasse pas si facilement de ses vertus. Seulement, touchée par l’amour, elle y ajouterait par-dessus le marché la jalousie. Elle deviendrait intolérable. Tolstoï a peint des femmes pareilles (notamment dans *Jeunesse*) et il est plus près, lui, de la triste vérité. Mais voici justement le miracle de la poésie, qu’elle transfigure et change la réalité à son gré.

Il faut avouer cependant que si Balbine est vraie et touchante, son mari, par contre, est assez incertain et inconsistant. D’un premier mariage, il a une fille, Patricia, et celle-ci est tout à fait hors de la vie, une créature de rêve, mais qui, personnifiée par une jeune actrice bien en chair, est la seule qui, par moments, soit un peu agaçante. En revanche, les serviteurs, simples et dévoués, qui deviennent voleurs et menteurs, à cause de l'inaltérable perfection de leur maîtresse, sont d'un comique truculent et dessinés avec une verve incomparable. Un autre personnage épisodique, celui d'une fille galante sur le retour, une Marie-les-Fossettes épanouie, grasse et contente d'elle-même et de la vie, est un chef-d'œuvre. Mlle Madeleine Lambert est excellente dans le rôle de Balbine. M. Henry Roger est plus faible, mais il faut avouer que son rôle, celui du mari, est le plus difficile de la pièce. Mlles Josette Day (Patricia) et Annette Poivre (son amie, Isabelle) ont le grand tort, l'une d'écarquiller les yeux et de prendre à tout propos une mine extatique et visionnaire de Jeanne d'Arc montant au bûcher, l'autre, de lancer des clins d'œil en coulisse et de minauder de la plus insupportable façon. Dans leurs bouches, les paroles de M. Crommelynck détonnent. MM. Marcel Herrand et Jacques Ferréol sont bien. Mais les plus grands éloges méritent d'être distribués à Mlle Raymonde et à M. Arthur Devère, qui personnifient les serviteurs.

J'ai gardé pour la bonne bouche Mlle Claire Gérard, Marie-les-Fossettes sur le retour, qui a mis la salle en joie.

La Mère, de Pearl S. Buck

Cette élogieuse recension du roman de Pearl S. Buck a paru le 26 janvier 1935 dans la rubrique « Lettres étrangères » de La Revue hebdomadaire, *n° 4. On trouve, dans le brouillon de cet article, qui a été conservé, la formule suivante : « Je m'en fiche que ce soit vrai du point de vue chinois. Ça l'est probablement mais c'est absolument vrai du point de vue humain. »*

Pearl S. Buck

Tout lecteur de romans étrangers poursuit un double but qui n'est contradictoire qu'en apparence. D'une part, il désire se dépayser, connaître d'autres mœurs, des habitudes de vie qui soient différentes des siennes, des paysages nouveaux, des âmes singulières ou surprenantes, mais, en même temps, il recherche à travers les pages du livre étranger l'image de cœurs fraternels.

Il attend ce choc de surprise qui provoquera en lui la pensée : « Voici un homme né dans un pays que je ne connaîtrai jamais, qui ne parle pas ma langue, qui exprime autrement que moi ses amours et ses haines, mais je le comprends ; dans des circonstances semblables, j'agirais comme lui. »

Cette sympathie humaine, cette obscure fraternité que le livre étranger éveille en nous, voilà ce qui fait son prix véritable. Les grandes œuvres, celles qui, comme on dit, « ne connaissent pas les frontières », si diverses soient-elles, ont entre elles un trait commun : l'étrangeté des mœurs et des coutumes n'est là que comme un attrait tout extérieur, une parure surajoutée, mais les sentiments appartiennent à la commune humanité. Rappelons-nous Tolstoï… Or, il existe une Américaine, qui, plus peut-être que n'importe quel écrivain vivant, est digne d'être citée immédiatement après ce grand nom. Elle s'appelle Pearl S. Buck. Elle n'est pas inconnue en France. Ses trois premiers livres : *Vent d'est, vent d'ouest*, *La Terre chinoise* et *Les Fils de Wang Lung* ont été traduits en français ; ils ont plu, mais ce « succès d'estime » paraît souverainement injuste, car cette femme mériterait d'être aussi illustre dans le monde entier qu'elle l'est aujourd'hui en Amérique où *La Terre chinoise* connut un succès sans précédent.

Le livre dont je veux vous entretenir aujourd'hui me semble cependant supérieur encore. *La Mère* est le plus récent ouvrage de Pearl S. Buck et une œuvre admirable. Il est incompréhensible qu'il n'ait pas encore été traduit en français[1]. En effet, si les deux grands romans de Pearl S. Buck pouvaient déconcerter par leur ampleur et *Vent d'est, vent d'ouest* paraître un peu grêles, *La Mère* est, forme et fond, un chef-d'œuvre.

Ce roman-ci, comme les précédents, se passe en Chine. Née à Willsboro West Virginia, en 1892, Pearl S. Buck, dont les parents étaient des missionnaires américains, fut élevée en Chine. Elle grandit dans une ville appelée Chinkiang, sur le fleuve Yangtsé. Elle apprit d'abord le chinois et ensuite l'anglais. Elle connut, avant d'apprendre à lire dans sa propre langue, les contes et les vieilles légendes chinoises. Elle partagea les jeux des enfants chinois. Elle dut sentir comme Kipling, sans doute et de bonne heure, cette émouvante dualité de l'âme, particulière à ceux qui goûtent dès l'enfance deux civilisations différentes. Elle habite encore la

1. Je m'attacherai d'ailleurs dans ces études, où je ne voudrais pas empiéter sur le domaine réservé au collaborateur très distingué de cette *Revue*, M. Marcel Brion, à ne parler que des grands livres étrangers non encore découverts ni traduits en français. Mais voici que, justement, au moment de donner le bon à tirer de cet article, j'apprends qu'une traduction de *La Mère* va commencer de paraître dans la *Revue des Deux Mondes*. Je m'en réjouis infiniment puisque voici dès à présent confirmé mon diagnostic. *(Note d'Irène Némirovsky)*

Chine ; elle enseigne la littérature anglaise à l'université de Nankin. Elle connaît les cités chinoises et les campagnes, les paysans et les intellectuels, la vieille Chine et la nouvelle, mais ce qu'elle décrit de préférence c'est le hameau chinois que la civilisation européenne n'a pas touché encore, où jamais on n'a vu le visage d'un Blanc. « Mon principal plaisir, dit-elle, a toujours été de dépeindre des gens et, puisque je vis parmi des Chinois, de dépeindre des Chinois. Lorsqu'on me demande à quoi ils ressemblent, je ne sais que dire. Je ne peux pas plus les définir que je ne puis le faire pour des êtres de ma race. Je suis trop proche d'eux. »

Que voyons-nous dans *La Mère* ? Le roman se passe dans un de ces petits hameaux perdus au milieu d'une vieille terre, et que jamais, à aucun moment, Pearl S. Buck ne se donne la peine de décrire minutieusement, sans doute parce que, comme elle le dit, « elle en est trop proche ». À peine quelques traits, jetés de-ci, de-là, avec un art exquis, et nous voyons « les collines basses qui encerclent la vallée, le pâle ciel jaune, le hameau où les feux sont allumés pour le repas du soir, où monte doucement la fumée dans l'air calme et sans vent. »

Dans une des six ou sept maisons qui composent

le village, vit la famille d'un jeune paysan, Li. Plus jeune que sa femme, comme c'est la coutume en ces contrées, « bien formé et pas trop grand, mais fort, souple, gracieux, avec de petits os, comme un jeune chat mâle », c'est un homme paresseux, frivole, cruel, léger comme un enfant, « un de ceux qui semblent toujours garder pour les étrangers leur bonne humeur et leurs airs joyeux ». Il s'ennuie dans le petit village perdu, où tous les jours se ressemblent. « Pour lui, tous ses enfants étaient pareils l'un à l'autre ; tous devaient être vêtus et nourris, et plus tard il faudrait les marier à leur tour, et de nouveau des enfants naîtraient et tout demeurerait pareil. »

Tout autre est la femme de Li, l'héroïne du livre et l'une des plus belles figures de Pearl S. Buck, des plus belles et surtout des plus vraies, car, à première vue, qu'est-ce qui peut être plus conventionnel que l'image d'une brave femme ignorante, bonne épouse et bonne mère, décrite par-dessus le marché par une Américaine, fille de missionnaires et missionnaire elle-même ? On s'attend à une vertueuse, immobile et ennuyeuse image, et comme on est surpris de la diversité, de la poésie, de l'exquise vérité de cette femme.

On la voit, cette femme impatiente, accablée de travaux et d'enfants, jeune encore et le sang chaud, aimant ses enfants, mais tellement occupée par le soin de les mettre au monde et de les nourrir qu'elle est par force irritable et négligente : sa fille, enfant encore, a les yeux malades, et, tous les jours la mère, distraite par de multiples soucis, répète machinalement : « Demain, j'irai à la ville chercher un remède pour les yeux de cette enfant. Un jour ou l'autre je ferai cela. » Et le temps passe, et l'enfant devient aveugle. On voit la mère, non pas imaginaire, mais réelle, ne connaissant de ses enfants que la douleur et presque aucune joie, plus fortement liée à eux pourtant par cette douleur que par les plus délicieux plaisirs.

Nous connaissons ses travaux, sa maison, avec le sol et les murs de terre battue, la volaille sous la couche où dort toute la famille et le buffle attaché pour la nuit au pied du grand lit.

Elle aime son mari, mais ce sentiment n'a rien non plus de conventionnel. C'est un amour jaloux, impatient et sensuel, adouci par de rares moments de tendresse. Elle finit toujours par céder à ce beau garçon qu'elle aime, elle travaille pour lui, elle le soigne, mais cela n'empêche ni la colère, ni les querelles, ni la rancune, cette terrible et mesquine rancune des femmes qui pardonnent les grandes fautes et jamais les petits manquements.

Un beau jour, son mari, après une querelle plus forte qu'à l'ordinaire, la quitte ; elle reste seule avec ses trois enfants. Elle souffre, mais ce qui se mêle à sa souffrance la rend plus amère et plus dure : c'est la honte d'être abandonnée, la crainte de l'ironie et de la commisération des voisines. Pour « sauver la face » elle ira en ville trouver l'écrivain public, assis derrière le temple de Confucius ; elle se fera adresser de tendres lettres, signées de l'absent, qu'elle pourra montrer aux femmes du village, et elle vivra respectée et enviée de tous. Mais elle est jeune et ardente, et, un jour, un homme passe, qui pour une caresse, pour un regard, pour le don d'une petite bague en argent qu'elle convoitait, séduit cette pure matrone, mère d'enfants déjà grands et tenue en un tel respect par tous.

Il faut lire cette scène de la séduction d'une si étrange et sauvage saveur, la description de cette liaison rapide dans un petit temple abandonné, sur une route, sous l'œil ironique d'un petit dieu de bois tapi dans l'ombre.

Liaison sans lendemain qui n'apporte à la pauvre femme que la souffrance et la honte… Cependant son fils aîné a grandi, et, de nouveau, ce n'est pas selon la littérature, mais selon la vérité que Pearl S. Buck décrit les relations de cette femme et de cet adolescent volontaire et maussade. « Ils se querellaient pour des sujets futiles ; cependant chacun savait confusément que ce n'était pas là la cause véritable de leur querelle, mais quelque chose de plus profond qu'aucun d'eux ne pouvait apercevoir. »

Elle vieillit, elle marie son fils. Il y a là un admirable passage, lorsque, pour la première fois, elle a cédé son lit au jeune couple, ce lit où elle a connu son mari, mis ses enfants au monde ; elle couche à son tour maintenant sur le matelas jeté dans un coin, où sa belle-mère a dormi lorsqu'elle a dû, elle aussi, abandonner sa place à la bru… Elle se sent vieille, jalouse, dépossédée… Elle comprend que son existence de femme est finie ; elle écoute les jeunes gens chuchoter dans l'ombre, se cacher d'elle. Elle est à son tour « la vieille », « la vieille mère », l'ennemie…

La vie continue. Sa fille, la petite aveugle qu'elle a mariée dans un village lointain, croyant bien faire en lui trouvant un protecteur, meurt loin d'elle; elle n'a plus qu'un amour : c'est son plus jeune fils, mais il meurt, lui aussi tragiquement. Elle devient malade, hargneuse, grondeuse… Quand son fils aîné lui annonce qu'un enfant nouveau va naître, le vieux cœur de la mère tressaille de joie, mais la vieillesse quinteuse parle par sa bouche; elle répond rageusement à son fils : « Tu parles comme un imbécile! Ta femme est froide comme une pierre et aussi stérile! »

Elle est heureuse cependant et inquiète. Comment sera-t-il, cet enfant? Elle se défie de la vie et des dieux. Sera-t-il mal formé, imbécile, aveugle?… Une fille, peut-être, la pire des calamités! Elle songe à sa vie passée. (« Je jure que si les dieux mesuraient la joie et la douleur que j'ai pu connaître dans toute ma vie, la douleur ferait descendre la balance comme une pierre. Mais les dieux ne connaissent pas la justice! »)

Cependant l'enfant, le petit mâle, naît, et elle oublie tout, elle pardonne aux dieux. En le tenant entre ses bras, elle oublie, dit Pearl S. Buck, « elle oublie sa propre vie ».

Ce roman est d'une admirable, d'une émouvante, d'une divine simplicité. Il aurait été si facile à Pearl S. Buck d'écrire des « morceaux de bravoure », de « monter en épingle » tel ou tel épisode ! Mais non, tout se déroule comme dans la vie elle-même, où le temps qui passe, d'un cours lent et intarissable, emporte joie et douleur, ne laisse pas à l'homme le loisir de trop s'attarder à quelque sentiment que ce soit. On a souvent indiqué qu'il était extrêmement difficile de faire sentir, dans un roman, ce lent écoulement du temps. Pearl S. Buck a retrouvé le secret de George Eliot. Pas de longueurs, pas de descriptions inutiles, et, cependant, on voit les années couler et les êtres changer sans que jamais nulle part ne soit visible la main de l'auteur.

Enfin, elle ne donne pas une impression d'inutilité, cette vie, si pauvre et malheureuse. Elle n'éveille pas la pitié, mais une profonde sympathie et une sorte de respect. Voici une humble existence, mais elle a été nécessaire, semble-t-il, comme toute vie humaine, qui a accompli sa course jusqu'au terme naturel. Une femme a vécu, connu la joie et la douleur, créé des vies humaines. Ces vies ne donneront probablement rien que le souffle à d'autres êtres pareillement insatisfaits ?… Qu'importe ! Le lecteur est un homme qui, pour un instant, s'arrête de vivre et regarde l'existence du point de vue des dieux, comme dirait Pearl S. Buck. Il trouve une grande beauté dans ce flot incessant de générations.

Ce roman est écrit dans une langue simple et majestueuse, d'une lenteur biblique, jamais forcée, mais qui forme une cadence douce et harmonieuse.

La Mère est un des plus beaux livres américains parus depuis ces dernières années et une des œuvres les plus dignes d'être connues et des plus réellement grandes que je connaisse.

Deux romans anglais

Cette chronique a paru le 4 mai 1935 dans la rubrique « Lettres étrangères » de La Revue hebdomadaire, *n° 18, p. 101-106.*

L'héroïne de *Voyage dans les ténèbres*, Anna Morgan, est une petite chanteuse de music-hall abandonnée à dix-huit ans sur le pavé de Londres et possédant toutes les qualités requises pour y mourir promptement de faim, car elle est fine, timide, scrupuleuse, sans ambition et sans autre courage que celui de savoir souffrir sans se plaindre. Le roman est le récit de sa vie pendant dix-huit mois ; il décrit une existence sombre et sordide. Ce qui fait justement le prix du livre, c'est la poésie que l'auteur a su dégager (par une espèce de miracle très rare ailleurs que dans la littérature féminine anglaise), de cette vie pauvre et sinistre.

Au commencement du récit, Anna et une petite compagne de music-hall, Maudie, se trouvent à Southsea. Dès le début nous pénétrons dans une atmosphère de dimanche anglais, avec son lourd ennui, sa tristesse, son hypocrite respectabilité. Toutes les villes où Anna va passer avant de venir échouer à Londres sont pareillement tristes, froides et hostiles. Nous voyons toutes les misérables pensions de famille où Anna habite ; nous apprenons à connaître ses amies, ses plaisirs, sa vie quotidienne et son goût grandissant pour le gin. Mais de tout ceci l'auteur fait « une chose de beauté ». Le réalisme est entouré d'une sorte de halo de poésie, et le livre tout entier ressemble à la vieille rue d'un noir faubourg éclairé par la lune, car chaque détail y est transfiguré d'une manière délicieuse et mélancolique.

Anna Morgan est née loin d'Angleterre et le souvenir de son enfance qui s'est écoulée dans un pays chaud et lumineux se mêle constamment aux évocations du présent.

Dès la première page, à la description de la morne petite ville anglaise se superpose l'image d'un charmant passé. « L'odeur des rues… les sucreries faites de gingembre et de sirop, et l'encens après les processions du Corps de Jésus… » Accoutumée à la chaleur, à la paresse des îles, la petite chanteuse souffre du froid, de la pauvreté, de l'abandon, jusqu'au jour où elle rencontre un certain Walter qui en fait sa maîtresse. L'histoire est banale, et banal en est le dénouement, mais le sentiment d'Anna envers son amant est décrit avec beaucoup de vérité et ne saurait être peint ainsi que par une femme.

Anna commence par trouver Walter déplaisant et aussi rude et froid que le sont tous les hommes qui poursuivent en elle une proie facile et dont tout le souci est de se servir d'elle en la payant le moins possible. Mais elle tombe malade et Walter lui témoigne de l'intérêt. Il lui donne de l'argent pour acheter des robes, et tout ceci, la reconnaissance pour les cadeaux qu'il lui fait, le sentiment qu'elle est moins seule, qu'il prendra soin d'elle, finit par former un amour ardent et sincère que l'homme ne peut pas comprendre, car il le juge, non sans apparence de raison, intéressé, tandis qu'il est aussi fort et vrai que l'attachement d'un animal à celui qui le nourrit et le caresse. Anna sait dès le commencement que cet amour n'est qu'une halte dans son destin, que l'homme se lassera d'elle, et que ceci est aussi inévitable que le cours des saisons. « Tous les livres le racontent », songe-t-elle naïvement. Toutes ses amies ont eu la même expérience ; elles lui donnent toutes le même conseil : avoir du bon temps tant que l'amour durera, mais ne pas se faire d'illusions, car il est passager. Les filles comme elle sont trop nombreuses dans les rues de Londres, et il est trop facile de s'en procurer. « Et en effet, dit une petite amie d'Anna, les femmes coûtent moins cher que les vêtements qu'elles portent... Vous pouvez avoir une très belle fille pour cinq livres. Vous pouvez même avoir une très belle fille pour rien si vous savez vous y prendre. Mais vous ne pouvez pas acheter une très belle robe pour cette fille pour les mêmes cinq livres. »

Anna Morgan se résigne donc à être quittée, comme on attend un coup sans trop savoir de quel côté il viendra. Walter, pourtant, est tendre et semble amoureux : Anna s'habitue au bonheur. C'est naturellement le moment que choisit Walter pour la laisser. Elle est seule de nouveau. Sa vie devient affreuse. « Parfois je ne pouvais pas surmonter le sentiment que c'était un rêve. La lumière et le ciel, et les ombres et les maisons et les gens, – tout faisait partie d'un rêve et tout était contre moi. Mais il y avait d'autres fois quand un beau jour ou la musique, ou me regarder dans la glace et me trouver jolie, cela me faisait recommencer à imaginer Dieu sait quoi. Imaginer que Carl (un ami de passage) me dirait : “Quand je quitterai Londres, je te prendrai avec moi.” Et je continuais à l’imaginer malgré ses yeux où je lisais : “Je ne suis ici que pour un temps et j’espère que tu le comprends bien.” »

Elle commence à boire ; elle tombe de plus en plus bas. Elle va avoir un enfant qui ne naît pas. Le livre finit par une crise de délire, où elle revoit de nouveau le passé et les images de son enfance, et par ces mots qu’un médecin sans illusions prononce à son chevet : « Elle ira tout à fait bien. Prête à recommencer bientôt, je n’en doute pas… »

Tout le livre témoigne d’un art exquis. L’auteur n’insiste jamais, il sait parfaitement le moment où on doit s’arrêter, où la description cessera d’être pathétique et deviendra pénible.

Ce roman écrit par une jeune femme a de la valeur parce qu’il mêle une facture achevée et mûre à une inspiration très jeune dans sa révolte et son désespoir. Anna Morgan est encore à l’âge où l’on considère ses expériences comme uniques et sa personne comme infiniment importante et précieuse, et cela donne au livre son accent sincère et touchant. Mais il est dommage que J. Rhys l’ait écrit à la première personne. En effet, elle attribue à son héroïne des sentiments si fins et si rares que cette dernière paraît exceptionnelle et par cela même beaucoup moins convaincante qu'elle n'aurait pu l'être. On a l'impression que cette vie est racontée, plutôt que vécue. Dans la réalité, Anna aurait eu des moments de détente, d'insouciance, de plaisir, et l'absence de ces instants fait paraître le livre plus artificiel et nuit à l'émotion.

*

Des étoiles étaient nées est l'œuvre d'une jeune femme de vingt ans, Barbara Lucas. C'est un premier livre, si je ne me trompe. Il est plein d'inexpérience et de maladresses, mais il témoigne de dons heureux et il a été bien accueilli en Angleterre. Un critique a dit qu'il aurait pu être écrit par Tessa, la nymphe fidèle, si Tessa avait survécu.

Puéril, gauche, gâté par des outrances et un magnifique mépris de toute crédibilité, ce roman mérite cependant d'être lu parce qu'il peint la vie du point de vue de l'extrême jeunesse, ce qui est très rare. L'auteur nous montre deux très jeunes filles, Domenica et Petra, leurs espoirs, leurs désillusions, leurs chagrins imaginaires ou non, mais mêmes lorsque ses héroïnes se laissent aller au plus sincère et farouche désespoir, elles semblent toujours s'exclamer *in petto* : « Dieu, que c'est amusant de vivre !... »

La famille de Domenica et de Petra ressemble beaucoup à celle de Tessa, mais si le père Sanger était un artiste de génie, le père de nos deux jeunes héroïnes n'est, lui, qu'un piètre raté, un fantoche dont les lubies et l'égoïsme pèsent lourdement sur l'existence des siens. Il s'appelle Justin Harcourt et il est décrit d'une manière assez aiguë et cruelle. Il ne parle que latin à ses enfants ; il les élève en dépit du bon sens ; il transporte toute sa maisonnée de Londres à Rome chaque année mais il défend à sa famille de considérer ceci comme un voyage ; cela ne doit être qu'un déplacement sans importance et Justin Harcourt insiste pour n'emporter qu'une brosse à dents avec lui.

Tous les enfants portent des noms italiens. Ils sont quatre : Petra, Domenica, Francesco et Michelangelo. Ces prénoms ne contribuent pas à leur rendre la vie plus aisée dans les écoles anglaises, comme on peut le penser...

La femme de Justin Harcourt a eu autrefois de la beauté et du talent, mais, au service de son mari et de ses enfants, elle est devenue la plus simple des ménagères.

Ce sort épouvante Petra qui écrit et Domenica qui veut devenir une grande musicienne. Toutes deux se jurent de ne jamais être les esclaves d'un homme. Les deux sœurs s'aiment tendrement et cet amour joyeux et confiant est décrit avec beaucoup de charme et de délicatesse. On les voit se promener ensemble dans Regent Street par exemple et choisir les robes et les fleurs que chacune aurait voulu recevoir, « envoyées dans de longs cartons blancs par des admirateurs... Ensuite, elles décidèrent quelles seraient les fleurs qui pousseraient sur leurs tombes... » Ces deux jeunes personnes mangent une quantité extraordinaire de gâteaux et parlent avec beaucoup d'ardeur, de cynisme et d'inexpérience de la vie. Leurs projets d'avenir, leurs rêveries, les désespoirs aigus brefs de Domenica, la plus jeune, tout cela est très gracieux et vivant. Comme Tessa, Domenica devient amoureuse d'un jeune homme qui épouse une autre femme, et, comme Tessa, Domenica ne fait que songer à lui et le regretter. Mais ici la ressemblance s'arrête, car Domenica ne meurt pas, mais grandit et devient malheureusement beaucoup moins touchante et même fort banale. Elle a des aventures dans un Paris assez étrange, borné par le Dôme d'une part et la Rotonde de l'autre. Elle revoit son amoureux qui a divorcé mais qui ne se souvient plus d'elle. Elle devient la maîtresse d'un jeune homme riche qu'elle finit par épouser.

Elle ne sera jamais une grande artiste ; elle aura une vie futile, sans beauté ni grandeur, plus vide, peut-être, que ne l'a été la vie de sa mère, cette mère à laquelle elle craignait tant de ressembler.

La sœur aînée, Petra, elle aussi, a une destinée bien différente de celle qu'elle imaginait : elle a commencé par avoir un amant qui l'a quittée ; elle épouse un homme qui l'aime depuis longtemps ; elle n'a pour lui qu'une assez tiède amitié, mais dès qu'elle est mariée, elle se met à aimer passionnément son mari ; elle devient la plus banale des créatures et elle a beaucoup d'enfants. Deux étoiles étaient nées, mais elles n'étaient que des étoiles filantes…

Le charme du livre est fait de fraîcheur et de maladresse : chaque épisode de la vie de Domenica et de Petra est décrit avec le même amour, le même soin. Tout ce qu'elles voient, tout ce qu'elles font, tout paraît à l'auteur digne d'attention et extrêmement amusant, et la force de ce sentiment est telle que le lecteur arrive parfois à le partager.

Ce qui est digne d'attention dans ce premier livre, c'est également la vivacité des traits, l'atmosphère de réalité qui entoure les deux sœurs. Nous les voyons, Domenica surtout, ainsi que leur entourage, d'une manière très nette. Ce sont là des dons heureux et qui permettent d'attendre avec curiosité le livre suivant de Barbara Lucas.

*

Voyage dans les ténèbres et *Des étoiles étaient nées* sont des romans où l'univers est décrit d'un point de vue uniquement féminin, l'amour considéré comme un langage secret dont la femme seule a la clef, que l'homme est admis à déchiffrer par la force des choses, mais qu'il n'apprendra jamais complètement.

Ce mélange de mépris tendre et de respect pour l'homme, – créature supérieure qui dispense le bonheur et le confort et dont les desseins sont mystérieux et impénétrables, donne beaucoup de saveur et un accent tout à fait particulier à ces deux livres.

SOURCES

Vie de l'impératrice Joséphine

Huit feuillets dactylographiés, inachevé, Imec, NMR 15.11. Ce texte a paru dans la *Revue italienne d'études françaises*, n° 3, 2013, p. 457-476, avec une introduction et des notes de Teresa M. Lussone.

Femmes de Paris, femmes de lettres

Réalisation radiophonique. Vingt feuillets dactylographiés, Bibliothèque nationale de France, Richelieu, Arts du spectacle 14-YA RAD-4544. Le tapuscrit porte le tampon « Bibliothèque centrale dramatique / Direction de la Radiodiffusion d'État ».

Emilie Plater

Réalisation radiophonique. Treize feuillets dactylographiés, Bibliothèque nationale de France, Richelieu, Arts du spectacle 14-YA RAD-3866. Le tapuscrit porte le tampon « Bibliothèque centrale dramatique /

Direction de la Radiodiffusion d'État ». Ce texte a paru dans les *Œuvres complètes* d'Irène Némirovsky, tome 2, La Pochothèque, 2011, p. 427-434.

Un portrait physique de moi

Trois feuillets perforés manuscrits au crayon. Imec, 273ALM/3000/3.

Une femme qu'a le cœur trop petit

« Le théâtre », *Aujourd'hui*, n° 272, jeudi 18 janvier 1934, deux colonnes en p. 14.

La Mère, *de Pearl S. Buck*

« Lettres étrangères. Deux romans américains : *La Mère*, par Pearl S. Buck et *Le facteur sonne toujours deux fois*, par James M. Cain », *La Revue hebdomadaire*, n° 4, 26 janvier 1935, p. 490-497. Ce texte a paru dans la revue trimestrielle de littérature et sciences humaines *Approches*, n° spécial 180 « Irène Némirovsky », novembre 2019, p. 209-215, avec une introduction d'Olivier Philipponnat.

Deux romans anglais

« Lettres étrangères. Deux romans anglais : *Voyage dans les ténèbres*, par J. Rhys. – *Des étoiles étaient nées*, par Barbara Lucas », *La Revue hebdomadaire*, n° 18, 4 mai 1935, p. 101-106.

Table

Œuvres d'Irène Némirovsky (suite)

Les Chiens et les Loups, Albin Michel, 1940, 2004.
Le Livre de poche.

La Vie de Tchekhov, Albin Michel, 1946, 2005.

Les Biens de ce monde, Albin Michel, 1947, 2005.
Le Livre de poche.

Les Feux de l'automne, Albin Michel, 1957, 2014.
Le Livre de poche.

Dimanche, et autres nouvelles, Stock, 2000.
Le Livre de poche.

Suite française, prix Renaudot, Denoël, 2004.
Gallimard, Folio.

Destinées, et autres nouvelles, Éditions Sables, 2004.

Le Maître des âmes, Denoël, 2005. Gallimard, Folio.

Chaleur du sang, Denoël, 2007. Gallimard, Folio.

Les Vierges, et autres nouvelles, Denoël, 2009.
Gallimard, Folio.

La Symphonie de Paris, et autres histoires, Denoël, 2012.

Nonoche, dialogues comiques, Éditions Mouck, 2012.

Œuvres complètes, La Pochothèque, 2 tomes, 2011.

Composition : Utibi.
Achevé d'imprimer par Grafica Veneta S.p.A.
à Trebaseleghe (Pd), en août 2025.
Dépôt légal : septembre 2025.

ISBN 978-2-207-18511-7 / Imprimé en Italie.

magasin@gallimard.fr

664518